冷海情深

达悟男人与海的故事

夏曼·蓝波安／著

三联书店

图书在版编目 (CIP) 数据

冷海情深：达悟男人与海的故事 / 夏曼·蓝波安著.
-- 北京：生活·读书·新知三联书店 2015.3
ISBN 978-7-108-05156-1
Ⅰ.①冷… Ⅱ.①夏… Ⅲ.①散文集—中国—当代
Ⅳ.① I267
中国版本图书馆 CIP 数据核字 (2014) 第 246370 号

责任编辑 刘蓉林
封扉设计 优 昙 张 红
责任印制 卢 岳
出版发行 生活·讀書·新知三联书店
（北京市东城区美术馆东街 22 号）
邮　　编 100010
网　　址 www.sdxjpc.com
经　　销 新华书店
排版制作 北京红方众文科技咨询有限责任公司
印　　刷 北京市松源印刷有限公司
版　　次 2015年3月北京第 1 版
2015年3月北京第 1 次印刷
开　　本 880毫米×1230毫米 1/32 印张 5.625
字　　数 115千字 图数24幅
印　　数 0,001—5,000册
定　　价 33.00元

（印装查询：010-64002715；邮购查询：010-84010542）

▲ 夜间，我用剩余的体力创作。

▲ 风与浪，是我日日在面对的、讨生活的课题，它们的变幻丰富了我的人生。

▲ 这一尾是鹦哥鱼，它在水深二十公尺处，我民族把它归类为“女性吃的鱼”。女人不可以潜水抓鱼，于是男性要为女性服务，这是我民族男性敬重女性的表达方式之一。

▲ 大女儿长大了，说：我想吃爸爸潜水抓的鱼，如果可以选择，我也想跟爸爸潜入海里在水世界寻觅我想画的鱼儿。孩子，你就在家里和妹妹、妈妈、哥哥一起，等爸爸的鱼就好了。

▲ 孩子们的母亲。从台北归岛定居之后，我们学会了在脸上露出真情的笑容。我在海上猎鱼，她平静地等我回家。

▲ 朋友的家跟我的一样，已经是钢筋水泥房了。但我们的眼神依然，每天望海，海里除了鱼以外，还有波涛的律动，那是海洋邀约我们的信号。

▲晒在家屋的鱼干。鱼干是男人社会地位的见证，也是培育个人美德的象征物。

▲ 买来的链锯为我节省了很多时间，但也缩短了树在土壤中呼吸的时间，我安慰树魂说：让我们一起在海上乘风切浪吧！我每砍一棵树，要种三棵以上的树，这是我民族环境生态的信仰。我这一代的族人有的已经买机动船，在海上奔驰，但我从小十分钟爱在海上划船猎鱼的生活方式，山里的树与海里的鱼是我跟环境结盟的誓言。

▲ 共同潜海猎鱼，也均分鱼获，无须斤斤计较。

▲ 留一张照片，只是岁月刻痕的记忆。和海洋一起生活和写作，是我追求生活美学、追求宁静的一种生活方式。

▲ 日本女作家高树信子阅读过我的文学作品《黑色的翅膀》之后，特地从日本飞来兰屿与我交流。我带她进入水的世界，一个未知的、流动的缤纷世界，她于是说：在水中我像一个鱼类世界的怪物。

冷海情深

目录

【序】

从施努来到夏曼·蓝波安

认识夏曼·蓝波安是在1986年夏初，那时候他的名字叫做施努来，是第二次世界大战后的地方户政人员任意给达悟人（雅美人）[1]安上的汉名。1986年9月，施努来的长子在台北中兴医院出生，后来命名为施·蓝波安（汉语音译）。“施”乃是达悟族人婚前或婚后尚未生子的泛称，蓝波安才是名字。施·蓝波安出生后，施努来依达悟族群习俗从长子名，成为蓝波安的父亲，达悟语就叫做夏曼·蓝波安。不过，这些汉译的姓氏，都是在20世纪90年代经过“原住民正名运动”的争取后才有的结果。在这一层意义上，夏曼·蓝波安不喜欢听到不知情的朋友还叫他施努来。

1984年，“台湾原住民权利促进委员会”所推动的“台湾原住民运动”，曾广泛地唤起并吸纳了台湾各族群之中接受现代教育的高层知识分子，特别是游离在统治势力所刻意培植的族群知青系统之外，对统治者未有人身依附而深具反抗意识的青年。1986年之后几年，施努来在台湾北部地区干各种零工，开计程车谋生。那时节也正是80年代中

1. 达悟人为台湾原住民之一支，日据时期称为雅美人，1998年正式更名为达悟人。本书中两种称呼兼有。——编注

至末期台湾各个范畴的社会运动勃发旺盛的时期，广泛的“原住民民族运动”自然也不例外。就在这样的社会情势之下，施努来的生命走上了达悟人追求自主的漫长而艰困的道路。他开始逐步参与了针对达悟人世居地——兰屿——于1988年春节过后展开的反抗核废料储存兰屿的运动。

“原住民运动”在当年，由于各级议会皆由统治势力所培植的人选把持，反对力量在政治经济的总体压制下难有作为。另一方面又因运动的推动者，绝大多数是滞居于都会边缘谋生的各族群知青，他们本身自少年时代即被切断了母文化孕育时期的脐带在外求学，以至于除了血统和遗传之外形成了与母文化之间的巨大断层和隔阂。当年的都会运动形式，由于推动者与母体文化和生存课题脱节，逐渐暴露了运动能量涣散、目标凌乱分歧等残酷的现实。相对于这样的困境，一场自我价值与运动意义的质疑、反省与追寻，也悄悄地在各族群渗透进知青的思维中，激荡着他们的心灵。80年代末进入90年代初，施努来经历了一场严肃的自省，决定从台湾回到兰屿。这个重大的决定大概涵括了双重的意义：其一是在台湾现代商品经济的维生困境与挫伤中，寻找存在于母文化自然经济中的力量；其二是从日渐老迈凋零的父兄身上，追寻少年时期被斩断、日后蒙上污名的母文化精髓，从中学习并吸吮它独特的滋养，从而清洗污名，重建人的尊严。

返乡后不久，施努来经过一番与户政人员的斗争后，正式改名为夏曼·蓝波安，开始默默地为自己的小家庭建造家屋。一面从父执辈的口述中记录整理族群独有的口传文学；一面苦苦地思索童年与成长的往事。正如他在《台湾来的货轮》一文中所说的：“我已回到兰屿定居了，依然思考回想儿时60年代的情景。”“货轮承载雅美孩童的希望，年轻人的彷徨，老年人的焦虑。”蓝波安试图清理童年岁月中，是何种诱因驱使生命背离传统的古老价值。

直到蓝波安开始学习潜水射鱼，具体地接受海洋生产者的洗礼，他的生命才开始正面挑战来自施努来时期所遗留的包袱和阴影，揭开了身为夏曼的生存斗争序幕。这个时刻，夏曼·蓝波安已经和他的达悟父祖一样，顽强而尊严地立足于人类原始生产者的坚石上了！

《冷海情深》一书所收录的十二篇文章，从写作内容与时间秩序读来，大致可以描绘出从施努来到夏曼·蓝波安，从兰屿到台湾再回到兰屿的过程里，战后的达悟父亲，从蒙尘到清洗与再造的轨迹。

《夏本·米多力的故事》属于达悟人的口传文字，《台湾来的货轮》前面已概略提过。其余的十篇作品皆集中于以下的几个互为表里、不可分割的主题：

（一）回乡后透过与父执辈的接触、引导，实际参与达悟族群至今仍维系在父执身上的传统社会活动：历法、生产作息、人际互动、生产分配、祭祀、礼仪、生产工具的建造（雅美舟）等。从实际参与的个人经验，累积自己与父兄们以母语对话的内容，分享并学习经验世界中的教训和智慧，同时进入族人传统的生命价值、生存态度与思维的广大世界。

（二）潜水射鱼的劳动过程，促成了人对海洋与各种海洋生物的认识。这一层独特的生产方式，不仅收获了物质上的劳动成果，同时确立了猎食者与被猎食者共同的对生命的尊重和深刻的爱惜。

（三）在原始共产社会的自然经济中，劳动者的智慧与尊严，极其深刻地对照了现代商品经济中劳动者的窄化、异化与固定化。夏曼·蓝波安从独立的个人依附于现代社会的政治与经济构造上的重重网罟中突围，挣扎着试图夺回达悟族人与人的尊荣，清洗被汉化、被异化、被窄化的人的屈辱。

《冷海情深》乃是夏曼·蓝波安返乡多年的生存斗争，展现在文学领域上的成果。就“原住民运动”的角度来看，这项成果的力量不仅突破了80年代末的运动困境，更坚决地挑战着近年来“原住民祭典”观光化、“原住民文化”珍奇化与消费化的社会愚昧。

就文学创作而言，本来没有什么“原住民文学”，有的只是人的文学，是人面对悲喜无常的生命过程所呈现的各种各样的容颜。夏曼·蓝波安近年来的创作，不仅在“有海洋气味的作品”上独树一格，深具特异的魅力，更重要的是他作为一个人，作为一个达悟人，在现代台湾社会的政治经济构造中被裹挟、压迫与控制的深刻难题中，显现了敢于斗争的本色。他曾隐忍地听到父亲说他已退化的评语；他第一次射获浪人鲹，疲惫地在小岛礁岩上孤独地呐喊；妻子对他不善于赚钱养家的责难；他的无怨无悔……他的喜悦与悲伤、呐喊与沉默，都出于对生命的至诚，撼动人心。

1996年底，在夏曼的家里，他提起出书的事情，又提起要我代序的事。我自认无力把序作好，却又无法推辞，只有读者与作品对话才是最实在的事情。

关晓荣

1997年1月20日 台北

【自序】

关于冷海与情深

失业的这几年（是自己不想去赚钱），海洋的律动、潮汐的起与落陪伴着我的孤独，也充实着我的中年岁月。我尽情地享受海洋的魅力，沉溺于海底世界，却疏忽了家人的需要。

孩子的母亲下班之后，很辛苦地跟我说："夏曼，我很想上山种地瓜、种菜了，换你上班，好吗？"

我却很犹豫地回道："你上班赚钱很漂亮，你上山工作会很丑哦。"

孩子们从我身上搜刮不到十块钱时，说："爸爸，你最懒，你都不赚钱给我们。"

我很自信地回道："爸爸射新鲜鱼给你们吃就是赚钱呀。"

"才怪呢！"孩子们反驳道。

孩子的祖父母说："孙子的父亲，你去做工赚钱呀，不要天天往海里去，岛上的恶灵已不像从前那样善良了，哪怕离开兰屿去台湾工作，也可以呀！"

是的，我要赚钱了。我不担忧离开家人，但我万分恐惧离开我的海洋。为了不要听到家人对我的啰唆唠叨。我，唯有拿起笔来写些这几年与海接触的感想与生活经验来敷衍家人。这几篇拙作便在如此之情况下，陆陆续续发表于报章杂志。

我深深地体会到，有很多的智慧是从生活经验累积下来的，而生活经验如是一群人共同努力建构的话，那便是文化。兰屿岛上的族人在如此之环境下，共同坚守属于这个岛的生存哲理，孕育出了独特的达悟文明。这些年的“失业”，为的就是探索祖先们与大海搏斗时，对于海洋的爱与恨的真理。男人们的思维、每句话都有海洋的影子，他们的喜与怒也好像是波峰与波谷的鲜明对比。倘若自己没有潜水射鱼的经验，没有暗夜出海捕飞鱼，没有日间顶着灼热烈阳，钓 Arayo（鬼头刀鱼）的经历，是不会深深迷恋海洋的，没有这样的爱恋，就不会很珍惜自己民族长期经营的岛屿，包括文化。当我说些海里射到大鱼的故事，老人们专心听讲的神情像是重复他们年轻时的经验，于是他们听得入神，说到精彩的情节，他们像等待浪花宣泄似的，把耳根贴近我说话的嘴巴，于是浪花宣泄了，大家哄堂大笑。过了一会儿，耆老们便回忆起当年的往事来回应我的故事，如此，我便逐渐地生活在母体文化之内，如胎儿般地吸吮母体的养分，充实自己。

这本拙著，除了献给我亲爱的家人外，也献给看不懂汉字的耆老们，没有他们的训练，我是不会说故事的。其次，感谢初安民先生、江一鲤小姐收容我的拙作，还有山海文化杂志社的小姐林宜妙、刘淑玖不断地鼓励我。最后，感谢我的亲密爱人、孩子们的母亲——施凯珍，不是她的宽爱，不是她爱吃鱼，《冷海情深》不知何时才会情深深地呈现在读者眼前。

我那爱杀鱼、爱说故事的父亲，当他枯坐在门前，注视悬挂在竹竿上大尾的六棘鼻鱼时，父亲的双眼映出海洋的影子。而依偎在旁的母亲说：“孙子的祖父，这种鱼为何只生活在急流的地方呢？”

父亲说：“它们的习性呀！”

“那不是很危险吗？”

“是呀，非常地危险。”

“那孙子的父亲不怕急流吗？”

“我怎么知道啊！”

“那怎么办呢？”

“那……我们就把孙子的鱼枪藏起来呀，怎样？他就不会去射鱼了。”

我听了之后，笑了起来，因为我还是会再做一支鱼枪的。

1997年1月14日在兰屿的海边完稿

[大陆版自序]

飞　跃

嗨！大陆的读者们，你们好，千亿分的喜悦与你们相遇在"文学海洋"。此刻，我潜入海里的心情如野性海洋里迷失的海豚，宁静地飞跃，纠集着惊喜与惶恐。

惊喜的心情就如我进入华语初级学校的第一天，从注音符号，从一笔一画起始，到现在学会了使用汉字书写，这是我一生最大的进步，透过汉字阅读华语文学、世界文学。令我惶恐的是，我使用汉语书写的句型完全不符合标准的汉语语法。但这是我一生最大的演进，借着汉语与我民族语言兼容的文学作品，我写作徒手潜水、造船、夜航捕飞鱼等，代表我的民族成为海洋文学作家。

北纬 10 度以上的诸多岛屿或沿海陆地，每年都会遭台风肆虐，海洋的发飙仿佛恶魔一般，令人惊恐到窒息，因此人们往往拒绝与海洋交流。我住的小岛在台湾东南边，到台湾的直线距离有四十九海里，被殖民之后称作兰屿。兰屿被台风欺负的次数是数不清的，台风肆虐带来不同层次的损失也是理所当然的，财富损失的多寡，也代表人贪婪的程度，我们将此转换成生存哲学，接受他的肆虐，孕育民族的韧性，而非抱怨。

平日的海洋就像我们家里那位缺了门牙的姥姥，不仅和蔼可亲，也是人生智慧的诠释者。我们这个岛屿的小孩，从可以走路到海边起的年龄，就开始学习、感受海洋潮汐的“夜历”律动。我的民族不计算日历，而是遵循每夜都在变换形貌的月亮，每一天的夜晚都有她的“名字”。这个“名字”会告诉我们海洋的情绪，她的情绪就是“洋流”的强弱表现。

因此，海边就是我们成长的野性教室，我们不仅用身体直接感受海洋的变化、潮汐的热情，而且部落所有的男人都是渔夫。从小我们就须学习认识各种鱼类，有女人吃的鱼、男人吃的鱼、孕妇吃的鱼、老人吃的鱼，等等。我们的祖先告诉我们，月亮带动潮汐的起与落，掌控着鱼类觅食的情绪。丰富的珊瑚礁彩绘鱼类的外貌颜色，吸引我们潜入海里观赏，并适当地猎鱼，我们也因而彩绘我们的船，成为海洋的装饰品。台风的到来，我们认为是清理我们的环境，而非破坏，是我们下课休息的钟表。

十六岁，我弃离我出生的小岛屿——兰屿，到中型岛屿台湾求学，三十二岁再回到蓝海包容的祖岛定居生活，彼时心魂的伤痕是被我的渔猎家族形容为“不知与海洋格斗的小子”。从零开始与父母亲共同生活了十一年，我感受到他们那个世代的身体语言与环境土壤兼容的美好。每天我的眼睛一直望着蓝色海洋洋流的韵律，借身体的潜水，借造船学习它“舞动的习性”，与它建立亲密情感。

这本《冷海情深》，是我不分昼夜在野性海浪里左右移动、上下深潜猎鱼的真实经历。这个经历不是我个人经验的专属，而是我民族所有男人具有的基本的生存技能。我循序渐进地虚心学习海洋波涛的脾性，在海里一层一层地脱去我身心烙下的挫折伤痕。每天的午后，我都一个人躲在陆地礁岩洞穴里望着蓝海思索，计算波浪宣泄的次数，这是我潜海前的仪式。一天，一个月，一年……我终于蜕变为热衷于徒手潜水的人，海洋成为我的终生教室、教堂，每道波浪都成为我文学创作的动能。

对于“海洋文学”，我们的认识或许是来自西方白人的《白鲸》、《老人与海》、《黑暗之心》、《冰岛渔夫》、《白狼》等，我说这些是西方白人式的“海面上的海洋文学”，不是我们东方人的文学。

《冷海情深》，以及我其他的文学作品不同于世界海洋文学的各种巨著，也与自然生态书写者的观察视角迥异，这是一本把自己融为海洋鱼类之一，把自己从陆地移到水世界的生存经历。我猎获的鱼是拿来养我1917年出生的双亲，我要亲身体悟他们那个世代，从海洋循环的波动感知人类的渺小；我抓来的鱼还要养我那1986年后出生的三个小孩，让他们的成长如我一样，用新鲜的鱼肉启动他们对海洋环境的爱，而非恐惧。

《冷海情深》在台湾是一本非常受欢迎的书，近年来更多的人涌进兰屿岛的蓝海学习浮潜，享受蓝海的拥抱，他们的笑容如层层宣泄的微波，突破了汉人心房千年的恐海症。我曾说过，要把每一波浪活化成书的一页，我潜水蓝海，你阅读书海中的意涵，让蓝海撑开你视界的广角，接纳黄皮肤人的海洋文学。

我非常幸运，巧遇北京《光明日报》副刊主编韩小蕙女士，由于她的推荐，这本书才得以飞跃到北京出版，与大陆热爱文学的读者相遇。谨以汪洋蓝海代表我家族的谢意，感谢北京三联书店的情谊，感激刘蓉林编辑长出白发的辛苦。最后，祈愿蓝海撑开蓝天，让我们在蓝天自由飞翔，在海洋自如航海。

夏曼·蓝波安

2013年12月3日完稿于兰屿岛

冷海情深

大伯（左）、父亲（右），

这是兄弟俩五十六岁、五十二岁时的照片。

他们的健在是我现在最大的财富，

并且我深深爱着他们。

▲▲▲▲

孩子的母亲如鹰眼般的双眼怒视着我说："又要去潜水射鱼啦？家务事全由我一人承担，公平吗？"

孩子的祖母过一两步的时间又接腔道："不要天天去射鱼，那是不吉利的，找个工作赚钱呀！"

八代湾的海是那样地平静，在冬季我们岛南边的海始终是如此的，完全没有夏季台风期间雄壮磅礴的气势，更没有秋天万里晴空怡人的景色，有的是荒凉落寂的感觉。然而，荒凉灰暗的情景，对我而言，内心却有一些无法言喻的情感在里头。这些天已连续下了好多天的冬雨，潮湿的陆地、灰暗的天空把部落里的族人封在屋内谈天。我呆坐在有棚的凉台，潜具放在身旁，鱼枪枪头朝海，家里的两个女人还在嘀咕什么话似的，也许她们的心情就如灰色的天空一样不开朗，把我愉快的心搅乱了。望着汪洋，阵阵强风掠过局部的海平面，海面于是瞬间成深黑色，这儿一片黑色，那儿一片灰白，同时形成无数个小龙卷风，乍看真是美丽极了，但又让人畏惧。欣赏着龙卷风，欣赏雨水滴落的美景，逐渐忘记了女人们话中带咒的毒语，时间一分一秒地飞逝，犹如海洋的潮水不曾停顿过。我的心开始溶解于对海底世界的幻想，幻想着海底里的每一条鱼，并思想着这三四年来自己在海底潜水射鱼的事情，有眼泪，有欢乐。心脏跳动的频率和着失望与骄傲的感觉累积我的智慧与经验，在海里的时候，好多好多美好、惊险的令人振奋的影幕开始浮现在我的脑海纹路中，并渐渐地驱除了家里两个女人无趣的唠叨。

孩子们的母亲真如淙淙的泉水不断地在嘀咕，从窗口冲出来的话语把我损得一文不值，看看腕表已是午后的3点了。乌厚的云层笼罩着整座岛屿，汪洋大海失去了夏季湛蓝的诱人景色，现在呈现的只是让人感到心冷寡欢的灰色，但对于我，这种阴森森的天气就是我的最爱。

“一般高中、高职毕业的本地人都能在乡公所混一口饭，做代理科员，为何你不能？”孩子的母亲如刀锋般锐利地臭骂着我，其双眼仿佛视穿我满是鱼影的脑纹。彼时，我枯坐在凉台上听而不思其言地望海。

“男人原本就是要负责全家人的生计，天天潜水射鱼干吗？”女人家总是为着家里菜油盐米的缺乏烦恼，我也承认现阶段在这方面没尽到责任，更甭说孩子们的零用钱了。为了避免争吵，逃避她的辱骂，唯有捡起潜水用具远离她的视线。然而难题并没有立刻解除，因最爱自言自语的七十又八岁的母亲就呆坐在我的机车旁。我并不讨厌母亲无休止的唠叨，但最忌讳在我出去射鱼前听到她说：“孩子，‘恶灵’是无所不在的，下午了，就别去吧！”这百分之百会激怒我到极点，为保持和平的心灵只好撕一张卫生纸塞进耳朵里。因为母亲的“恶灵”信仰是她阻止我在傍晚时分潜水射鱼惯用的伎俩。

三公里的车程，寒风细雨无情地宣泄，全身湿漉漉的，原来被羞辱得一文不值的我迅速地坚强了起来。面对眼前的海，我即刻沸腾，展现达悟[1]男人在海中的韧性，毕竟多余的体力是消耗在海里的渔捞、山里的垦荒的，而不是浪费在与女人的争吵中。我如是安慰自己。

风和雨一直不停地落下，潜水处的岩礁半个钓鱼的人影也没有，灰色阴霾的天气迫得达悟的男人锁在屋里谈天。距离潮间带约摸二十公尺处的地方，有个天然洞穴，是潜水射鱼的族人上岸休息的好地方。在洞里休息片刻抽个烟，望着一阵强风带给海面的大片灰暗，景象带来凄凉的落寂感，洞里的青烟使我想到拓拔斯（布农族）的小说《最后的猎人》里的男主角比雅日和妻子帕苏拉的故事。

帕苏拉对比雅日说："……如果你听我的话到平地做临时捆工，买几件毛衣，就不需冷天劈柴烤火取暖……"但比雅日终究没有去平地做捆工，反而上山去打猎；因为只有在深山才觉得有尊严，有智慧，真正展露布农男人的气魄。虽然在回部落途中他的猎物被检查哨的恶警掳走，仅留给他一只狐狸孝敬帕苏拉。比雅日无胆怨叹，只觉得恶质剥削在更为复杂的社会里如鬼魂般经常地、自然地落在弱势、穷人的命运中。于斯，我只冀望孩子的母亲不要为了毛衣令我到台湾做工即可了。

强风袭来，一阵又一阵地夹着寒雨，令我瑟瑟发抖，眼前一位老人自海里钻出来，口中不停地呢喃着，煞是为自己文化的溃败在抱怨。看着他缩着颈子，垫步快走，丁字裤是被熏黑的，裸露的上身是被晒黑的，网袋内有两只章鱼。他朝我这儿走来。

1. 达悟（Tawo）：指兰屿岛上的民族，我们称呼自己为 Tawo 人的意思。

“表姐夫你好，这样冷的天气你还游泳干吗？”

“没办法呀，孙子的父母亲明天就要从台湾回来，没有海鲜给他们吃怎么行呢？”递上一根烟给他驱寒，他双唇是紫色的。表姐夫吸了一口烟说：

“天就快要黑了，你还要潜水射鱼吗？”

“是的。”我说。

“别在天黑后回家，深冬寒夜恶灵很多哦！”

“我知道，途中平安。”我回道。

我明白并且从小就有的观念，即黑夜来临便是孤魂野鬼的辰光，要不是有月光的照射，小孩便早早地回家睡觉。而对潜水射鱼的男人而言，也绝对不允许在黑夜回家，否则亲戚们将全副武装地沿路找你，这实在是很严重的事。

表姐夫为了孙子及孩子，只穿一条丁字裤就潜水找八爪鱼，人虽然刚六十出头，也算是上了年纪的人了，这算不算“孝敬”孙子、孩子的一种表现？从台湾来的孩子会真心感激他？会洗耳恭听表姐夫捉章鱼的故事？新生代被大时代的环境吸引，在都会里生活，几十年未回到母亲的岛屿，早已忘记传统的生产技艺了。单说潜水，就算只有三四公尺深的近海处有十几只章鱼任他抓的话，恐怕连一只脚也捉不到的。

一根烟已经抽完了，灰色阴暗的天候，乍想还真像是恶灵出没频繁的时段。想着耆老们经常说的一句话：“现在的海域不如昔日干净了，有太多外来的观光客以及一些酒鬼溺死在海里，他们都想找替死鬼。”孤独的我站在潮间带还真有些微的恐惧呢。然而，当我穿上潜水衣，决定潜水射鱼时，恶灵是阻止不了我的。

海，毕竟是我这一生的最爱。阵阵强风寒雨袭上心坎，望着幽暗的海面，想着海里会有什么样的鱼群，此使我内心高兴。三年来，我已经习惯一个人潜水射鱼，除了兴趣外，我真的很难形容自己游在海里的那种兴奋的心情。

我亲吻自制的鱼枪，说些只有自己与海神才明白的祈福词，这样的行为业已成为我入水前的例行课程。“海神，朋友来了。”之后便心安理得地游水。

冬季的海底景色一如陆地上发黄的茅草，放眼望穿冷清凄凉，了无生气。一些小鱼儿如上百尾的花尾、鹦哥鱼、金带拟羊鱼等我所熟悉的底栖鱼或停游或惊慌逃走，或者钻进岩礁缝。无论如何，这样的鱼类行为已经对我没有一丝的吸引力，毕竟我是不射手掌大小的鱼的。我慢慢地潜入海里，让耳膜适应水压并且浮在水中优哉地往外海游，彼时，除了自然光外，冬季的海底实在没有令人心旷神怡之美感，更无夏季阳光射穿海面形成千条万丝的亮丽景观——在一片起伏的堡礁里潜梭着无数艳丽的热带鱼，忽现忽没，甚至有些小鱼如眼睛大小般地在密集的珊瑚树丛间上下跳跃，如此汇集成一个生机盈满之奇景，这在冬季是看不见的。

冷风寒雨肆虐的冬日，一阵一阵的强风横扫洋面，灰色的海底世界是如此地神秘，灰色的神秘牵引着我灰色的心思，尚且温暖的海水，稍稍提醒我仍是有生命的躯体。浮在海面，强风吹得呼吸管发出口哨般的声音，我注视着海底的鱼，梭巡猎物。一尾单带海鲱鲤陪伴一条约两公尺长的海蛇就在水底的海沟，我立刻弯着身子，头下脚上地潜入水里，鱼枪瞄准它的头，就在我射程之内，它迅速地游开。但我不慌乱地直接潜入水底的礁石上，趴在那儿动也不动地等着它的好奇心。四五秒的时间，在我头顶前方，五颜六色的鱼儿逐渐逼近我，最后就在我头顶上方有规律地、或上或下地，刻意摆出向我挑衅的姿态，有的干脆啄着我的枪头企图自杀，但那些勇敢的小鱼根本就是我放弃的猎物。

此刻，单带海鲱鲤察觉“怪物”犹如无生命的岩石动也不动地趴在海底时，它便慢慢地朝我这儿来，而我发黄的长发也像海底的海树任海流摇摆。它来了，我的枪身随着它的移动而移动，就在百分之百的命中几率下，如铅笔粗的钢条无音地、没有水花地、准确地贯穿它的头部，它连挣扎的机会都没有。就在射出去的那半秒，环绕在四周的小鱼儿仿佛火焰般地爆裂，各自逃窜保命去了。当我慢慢地浮出的同时，它们又在一定的距离停驻，看我这个比它们大百倍的怪物“升天”。无数气泡从我嘴里冒出来，有些在头顶，有些在身旁，如降落伞般、有规律地与我同时浮出海面。把鱼放进网袋，同时也忘记了家里的两个女人语中带咒的话，游了十来分钟，身体逐渐地感到舒畅，精神也爽快多了。我，现在正和幽暗的海面相容，但触觉不到她的荒凉。独自在力马拉迈海域浮潜，对我而言，是荣耀，抑或失意？是坚强，还是脆弱？是追求传统的生存意志，还是逃避为赚钱所支配的现实生活？我浮在海面，与海浪的升与降一起忽出忽没，乍想，孩子的母亲四方形的脸，温柔大方令我疼惜，怀了三十个月，生出了三个小孩，她是未曾向贫穷妥协的，她的坚强真如悬崖边的罗汉松一样。而她的暴怒也正如我浮潜的地方向东游五六十公尺的骇浪一样令我畏惧。

兰屿的东南和西北的岬角处的海域，在冬夏两季分得很清楚。若以此方位画线的话，夏季吹西南季风时，南边是汹海猛浪，而北边正是湛蓝的海、和煦的风；冬季刮东北季风时，北边是荒凉冷清刚猛波涛，南边是平浪灰暗。彼时是冬季，但我正在东南方的平浪与骇浪的交汇处，并且是下弦月的农历二十八日，东边的骇浪虽然凶猛得令人丧胆，望而生畏，但依我的经验，现在正是满潮，海流只有一点点，不会消耗太多体力的。我想。网袋里已有两三尾的“女人鱼”了，现在开始射些激流处的、较大尾的“男人鱼”，如六棘鼻鱼、多纹胡椒鲷、黑点石鲷。尤其是 Ngicingit（锯尾鲷）的底栖鱼正值产卵的季节，此等鱼比较笨，但需要潜入海里，在礁岩上身体不动的话，它们便会成群地游近你身边，唯一的困难，而且最艰难的是，它们游憩的海域全在激流处，幽暗的洞穴看来蛮恐怖的。

我逐渐游近东西两边海流的交汇处，那儿有两个从海底凸出水面的礁石。当骇浪拍击浮出海面的礁石，宣泄的浪花泡沫仅停留在四周时，确定海流平稳。当然，我根本不依此来做判断，因用肉眼看浮游生物或用肌肤的感觉也可以知道海流的强弱劲道，其次，亦为我熟悉的地方。

游着，继续地游，只见海水很混浊，如同灰色的天空一样不为我所爱的水色。不多久，我已游到五六级大浪的外围了。此时，我就像跷跷板上的顽童，忽波峰忽波谷地在找寻猎物，只有呼吸管在海面嗡嗡响，时强时弱的声音陪伴我以及白色浮标的

Onon[1]。天色突然黑暗了，把头抬出海面，仰望天空，一片乌厚的云层恰在头顶。就要降雨了，我想。骇浪实在很可怕，轰轰的宣泄声此起彼落，但我不在乎，只注意海里的鱼。只见一群鱼，黑色的，时而进洞穴，时而游出洞。我等着它们再次进洞穴时，迅速地潜下去，没几秒一条约摸三斤重的琉球黑毛（男人鱼）便放进了网袋，待我射到第二尾时，它们游走了。

如弹珠大的雨滴从天而降，落在头上清凉的感觉恰似小女儿的甜言蜜语般温馨，那样地让我忘记忧郁。弹珠大的雨点落下，被乌云遮住的日光逐渐逼近海平线。海底的视线渐渐模糊。我把两条橡皮扣住钢条，握住鱼枪的弹射柄，再次寻找猎物。彼时，骇浪宣泄的泡沫不断地淹没我，如沙粒般的白点，千亿粒的白点，模糊了视线。我潜入水中企图弄清视线。在水中，我仰望水面，除了雨水不断滴落在海面的美景外，海流也把亿万个白点扭曲成水里龙卷海，好多好多不规则的曲形状，从海面上看来是无数个逆时针的小旋涡，俟海流消弱时，它们便解了形。所以，我说："海，是有生命、有感情、温柔的最佳情侣。"海中形形色色的奇景，唯有爱她的人才能享受她赤裸的艳丽与性感。

随着即将宣泄的骇浪之压力轻松地潜入水里，寻找我要的鱼，趴在礁石上，离我约二十公尺处有一群锯尾鲷。它们的颜色在海里是深褐色的，但它们犹如手指般大的尾巴的颜色是白色的，所以容易辨别。它们真是潇洒，悠闲地慢慢靠近我，算来只有八九尾，约摸五到六台斤的重量。"来吧！朋友。"我说，

1. Onon：指鱼枪的尾柄系上一条十多呎的长线，以备和大鱼拔河。

不知道这一群锯尾鲷是否看过人类？它们真来的话，其中的一条可能就要在陆地上变成我招待客人的鱼干了。它们真的逼近我，我憋住气，再忍耐个三四秒吧，我想。很清楚地，它们已经在我的射程之内，选个最大尾的，瞬间压住开关木柄，冰冷的钢条无声地，也无情地射穿它胸鳍上方半寸的部位，在千分之一秒的时间，它们各自遁逃四方，又在一秒钟内围绕在被我射中那尾的四周。乍想,仿佛是替友鱼出殡似的。由于射到骨头，令它无法挣扎，鲜血不是红色的，而是草绿色。

我赶紧把它刺死装进网里，在这群锯尾鲷尚未游走前再射个两三尾即可骄傲地回家，孝顺家里爱唠叨又爱吃鱼的母亲与孩子的母亲，还有那爱杀大鱼的、八十岁的父亲。我的兴奋胜过不终止宣泄的海浪，几年来，我已把自己的一些灵魂交给了海神，而心脏的跳动由自己来控制，我想。雨，依然下着；海，依旧凶猛。在此刻，我是孤独的，在海里非常地孤伶，而我的感觉是何等的舒畅！勇者，往往把最危险的状况视为体验人生最好、丰富生命最高的自我反省的机会。我像漂流木一样忽现在波峰，忽没在波谷，雨夹着强风落在发黄的发丝上，仿佛小女儿吸吮着母亲的奶水那样令人亢奋。我抬头望天,天色和海里同样阴沉，但美极了。

海浪从陆地上观望，虽是很恐怖，像是要吞掉潮间带所有生物似的，但她是外刚内柔，因海流平稳，并且海底里的礁石与礁石间的缝隙又有我想要射的鱼，内心是难以形容的喜悦。再潜两三次吧，我说。砰，砰，砰……射穿鱼身的声音，锯尾鱼散了又聚、聚了又散，不畏死地任我选择。连续射了三条，背后的网袋已比先前重了很多。再射一条较大的吧，我想，而后回家。海里的幽暗把所有鱼的颜色染成黑色，我仅依我的经验和鱼身之大小、游姿来区别它们。再一条，我想，我不能贪到把现成所有的鱼全射完，况且天已暗了，父母亲铁定担心我的安危，身体倒立潜入水中，趴在礁石上寻找猎物。不到两秒，有鱼游过来，嘴唇是一圈白色，而这白圈很大，发出微弱的银光，哇……一群鱼游过来，无数白圈发着银光缓缓地游过来。这群鱼是我在冬天最喜欢射的鱼，每一条都如我手臂般大。来吧，兄弟们，不多久整群鱼就围绕在我四周，选最大的，好美的声音，砰地射穿了一条，接着无情的钢条又射穿另一条，好哇，我想。此刻是回家的时间，剩余的下次再来。两条鱼在钢条上拼命地挣扎，枪头的倒钩使它们跑不掉，拿起插在铅带上的十字钻子，刺入它们的眼睛，其生命便结束了。

这时候便加快速度远离骇浪，游向静如湖面的海域。我边游边看天色，彼时，正是入夜前的几分钟。我的呼吸加快，原来的骄傲，此刻逐渐被笼罩的黑夜压倒。我想，距我上岸的地方至少有八十公尺，越想越担心，于是心脏的跳动比潜入水里时更为激烈了。唉，怎么办，我是不畏惧恶灵的，因它们业已习惯我在力马拉迈海域潜水，我的灵魂是它们的朋友。但最让我担心的是，我那满脑纹皆是恶灵影子的父母亲，如果父亲戴上藤盔、穿上藤甲的话，这是最严重的。入夜前家里的男人去射鱼还未回到家的话，表示这男人有生命危险，而且我又是一个人。怎么办？我如何向家人解释？天黑了，当我上岸的时候，赶紧把潜具装在袋子里，鱼背在背后。想到满脑子全是恶灵影子的父母亲还有孩子的妈妈即将对我大发雷霆时，更为恐慌。抽根烟缓和自己的心情，同时用打火机照明腕表，确实是入夜的6点钟了。我安慰自己说："我已是为人之父，自己早有能力照顾自己的安危，在海里。"

车灯照明回家的路，感觉如同在海里一样地孤伶。寒雨、强风此刻尚未停止，亿万落下的雨丝在车灯照射下模糊了我的视线，也模糊了我的心情，虽然是丰收。在曲折的道路上，看到了灯光的移动，在吉乐朋的平路上相遇，汽车后边跟着一台机车，速度很快。这时，我的眼睛被逆来的强光所刺，于是停下来让路给车走。汽车瞬间刹住，里头传来一句话："在这儿，孙子的父亲。"是叔父夹些微怒的声音。我明白我错了，不该在黑夜后回家，堂哥开车，神情显得不安，机车上是二堂哥与表姐夫，他们都穿戴上了驱除恶灵的盔甲，这样的穿着绝对是来找我的。这使我更为紧张，于是一语不发地加速车子往前冲，逃避亲戚们在马路上的盘问。

黑夜的路格外宁静，我的心情格外复杂。此刻，父亲、叔父、堂哥们看到我之后，是否心安了呢？我对海的爱徒增家人的困扰？我在孩子的心目中，除了会潜水射鱼外，是否有其他的价值？爱吃鱼的太太会诅咒我的渔获？还有……不知不觉中自己刚刚在海底神勇的表现，这时逐渐成了我在黑夜的路途中最沉重的负担。我明白，在达悟人的观念中，父母亲仍健在的中年人，而且是潜水射鱼的人，要遵守夕阳落海前要回到家的不成文的习俗，其次，避免单独一人去射杀特大的鱼。前者之意为，不幸在海里溺死是白发送黑发的悲剧，后者是孩子给父母亲送终的厚礼，是诅咒父母逝去的隐喻。

我的忧虑是前者，也是我家人万分焦灼的原因。虽然自己明白父母亲的唠叨，也非常了解自己在海里之体能与经验。这一点并不重要，重要的是家人不了解我爱海的程度，爱到家里的生活费、小孩子的零用钱都不去理会，且拒绝上班。想着这些事情、这些人，想着自己在外求学，回到兰屿未增添家里的经济收入，反而天天与海为伴。唉，是雨还是泪呢？应该是眼泪径自流了下来，当我抵达家里的时候。

机车的声音停息了，我慢慢地把装满很多鱼的网袋卸下，神情像是被恶魔诅咒的小孩，不知如何是好。我想进屋拿刀杀鱼，拿灯泡照明，我的孩子的母亲也像被诅咒似的暴怒，说："妈妈已在屋子的后边为你念死亡悲歌咒了，去跟妈说你复活了。"我心里的怒火即将爆裂，拭去眼角的泪水，拿刀取灯线。这时屋里有大姊、大哥、二哥、二嫂，还有表姊，个个皆愁眉苦脸地。我没有问候他们，因我也很气愤。

"你没眼睛吗？为何不问候哥哥们？"我的女人再次暴怒地责骂我。我是错了，不该那么贪心，搞得家族忐忑不安，但我拒绝回答及问候。二哥走出来帮我弄灯，当灯照明我的渔获，他说："就知道你遇到这些鱼群，不过，你单独一人，这样的行为是'贪'呀，我的弟弟。"我没回答二哥的话，但他走进屋里发布消息。

他向屋里的人说："弟弟射了八条锯尾鱼、四条六棘鼻鱼、两条白毛，还有一些鹦哥鱼……"二哥和我感情很好，知道我不会讨厌他，因此也拿刀子来帮我杀鱼。屋里的人在这个时候都在劝我的妻子，少对潜水射鱼的先生发怒，尤其是男人出海之前，这是我们达悟女人该遵守的习俗。

“你去冲淡水澡，我来杀鱼。”哥哥说，我看看二哥的表情，灰暗的内心深处此刻重新燃起些微骄傲的曙光。“要不要切生鱼片？”二哥说。只有吃生鱼片，我的儿子才会坐在我身旁，何乐而不为呢？我点头示好。七旬又八的母亲，在屋子后院空地，还真的在念些臭骂恶灵取走我性命的话，哀怨凄楚，并且还不断地放声号哭。我听了又恨又气，真像我已逝去似的。

“你念什么念呀，弟弟回来了，停止你满是恶灵咒语的嘴巴啊，伊那[1]。”大姐气愤地说。妈妈停止发疯了，但我的思维并没有歇息地悲哀，我不想生妈妈的气，也不曾对她大发雷霆。毕竟，每到冬天，她的气喘病令她整夜咳得不能入眠，只有白天温度上升时，才会咳得较少，白天也是母亲能睡觉的时间。她是爱我才如此的，而我因为爱她，因为爱海底里的形形色色的鱼，射些漂亮的鱼给她吃。亲情之爱，人之常情，但……也许我更深爱“海”。

七嘴八舌的声音仿佛波峰与波谷拍击礁岸的旋律充斥在客厅里，想来，找我的那批人进屋了。他们开始讲故事，今天发生的事以及古老的、近代的，达悟人自编的、自己经历的故事。我不敢打扰他们说故事的兴致。男人们开始说些达悟男人与海洋的关系，女人们则在一旁或听、或说也属于她们的故事。由于我平安回来，原来十分低沉的气氛正逐渐地冉升喜气。忽然间，

---

1. 雅玛、依那，乃父亲、母亲的达悟称呼。

嘈杂的声音消失了，静听着某人说精彩的故事，我便知是父亲在说话。他不仅很会说故事，而且善于制造庄严的气氛，声音忽高忽低，比手画脚，丰富的达悟词汇和海洋一样深奥，加上叔父的加油添料，使得原来愁闷、低沉的气氛有了曙光般的温柔，也有了温馨的笑声。彼时，我的紧张和被长辈们教训的恐惧犹如雨水被大地吸释之后，变得平静了。

算算客厅里的亲戚共有十多人，孩子们惊讶家里为何来了这么多的人，小女儿跑过来给我抱，她晶晶亮丽的双眸温暖我冰冷的胸膛。坐在三堂哥的旁边，想问些他在台湾的近况，但他并未回答我的话，反而说："很抱歉，我被父亲逼得一定要开车找你，下回，希望不要被海里的鱼诱惑，在日落前回家。""其实，你不说我也明白。"我低着头说。

一尾六七斤重的六棘鼻鱼被二哥切成生鱼片，放在男人们围坐的地板后，二堂哥便把预藏好的酒拿出来，开始谈起了达悟男人的海。除了三堂哥在台湾太久而不会潜水外，客厅里的男人在被两杯酒灌肚取暖的同时，纷纷要求我说一遍今天的故事。小女儿熟睡在怀里，心脏的跳动和海洋的波浪一样有坚强的生命力，威士忌如小拇指指甲大的酒珠，自嘴角滴落在她光滑的脸庞上，我轻轻地擦拭，看着熟睡的她，说："谢谢大家的关心。"父亲失去了先前比手画脚的热情样，叔父盯着盘子里的生鱼片，举着杯子又向我微笑。叔父这样的动作，看来是不会加入"审判团"的。但一些女人的表情，如大姐、表姐、孩子的母亲就对我没那么友善，像外面的强风寒雨一样，不停止她们的抱怨。这些女人是爱吃鱼的，这是从她们的祖先就有的习惯，男人供给她们各种漂亮的女人鱼，她们为何……我在想。

人们的声音突然沉静，人们的眼睛同时往门外望，叔父、父亲同声地说：“哥哥，来屋里坐。”伯父并没有立刻回答两个弟弟的话，而直接问道：“孙子的父亲在哪儿呀？”语气刚强夹着更愤怒的音调，叔父让位给他坐。“伯父，您好。”我孬种的音调表示认错。伯父的丁字裤很脏，弓曲着的双膝……我知道伯父开始训我了：

“孙子的父亲，我的脚已经死亡了（残废），竹子被我折断的不知有多少，我的脚掌压着陆地，我的手杖刺着陆地，在路途中我休息不走好几回，但不想回家，我继续地走，雨继续地落下。我在流泪，我为何流泪？你的大堂哥原来就让我不要来，但他戴上藤盔、藤甲，只因在落日前，你还没出现。我要怎么说呢？孩子，我已经是不能走路的老人了，我来，是因为入夜之后，你母亲哭求着我好好教训你（伯父此刻流着苦涩的泪水），可是，我如何教训你呢？其实，我是不会教训你、臭骂你一顿的，因为我、你父亲，我们在你这个年纪时，也经常在黑夜之后才到家。但你的祖父母早已过世，我们三兄弟仍健在，孩子呀，从你回来之后，你爱射鱼潜水我们很高兴，但你黑夜回家是让我们这些老人家哭干晚年的泪水呀！当我们离开人间，你可为所欲为，但你爱潜水射鱼不要成为我们三兄弟的负担，死亡的咒符丧钟，让我们这些老人先来吧，孩子……”

“鱼，真的那么好吃吗？为何要让我们这些老人为你劳累……”婶婶在外头掌伞怒视着我说。

我已经是个残废的老人
行动笨拙的人呀
小兰屿的海浪不曾威胁
我前往潜水射鱼的欲望
激流骇浪不曾消耗
我潜水射鱼的体力
海底里的怪物不会令我恐惧

我已经是孙子的祖父了
汹涛骇浪的无情
有谁不怕呀
澈蓝碧海连天一色
有谁不爱呀
但
孩子呀，用你的智慧爱
我们这些老人呀

伯父吟唱诗歌的神情是神圣的，令我们在场的人百感交集。这首诗是为我作的，这是叮咛，原则上，达悟人的习惯是由我来回答，用诗歌的形式，但我父亲代我回他哥哥的话。

我望海号哭呀，哥哥
不好意思，也十分地抱歉
孙子的父亲

令我们哭泣了四五次
如何教训呢，我亲爱的哥哥
没有人会打败我们的年岁（我们是最年长的人了）
唯有孙子的父亲
在我们的海里挫折了我们
海呀，海呀，是伴我们成长的呀
我的眼泪不能遏阻
孩子爱海的乐趣
黑夜和波浪不曾失败
哥哥，真不好意思
我们只能望海观海
汪洋曾经是我们成为英雄的伙伴
更丰富了我们的智慧
体验生命的内容
让我们休息呀，哥哥

父亲、伯父、叔父拭去纹沟内的泪水，我用一杯酒压住内心的疼痛及欲奔流的眼泪。父亲三兄弟不曾叱责过我，他们是用内心平静的语言来启迪我，我深深地爱着他们。客厅里很沉静，外头也很阴沉。这样的气氛是我造成的，接下来，我说了一些简短表示忏悔的话。叔父小父亲十一岁，小伯父十五岁，这个时候他扮演着调酒师，问起他两个哥哥，说："二位哥哥，在吉乐朋那儿，你们一起射鱼，结果大哥的鱼枪被 Awo（梭鱼）抢走，当时的情形如何？你们说说看。"伯父和父亲四眼对看，他们笑了起来，所有的人也跟着笑了。伯父说，事情是这样的：

那是夏季的某一天，艳阳高照，海天一色，风浪平静地把部落的人都赶到海边。我和大弟当时差不多与夏曼·蓝波安一样年轻，兄弟二人一起潜水射鱼。当时鱼很多，所以我们只挑选好鱼，游到下午时，我看到一条浮在水中的大鱼，它逐渐靠近我，大弟在旁说："一起射比较好。"我们慢慢地潜，大鱼和我们平行时，在射程之内按下开关的木柄，铁柱"咻"地直射穿大鱼胸鳍上方的部位，大弟来不及补射一枪，我的鱼枪便被大鱼抢走。彼时，我们浮出水面换气，弟弟二话不说，便循着那条银白色的大鱼往外海追，他换气，我注视着那条鱼，同样地，我换气，弟弟追鱼。它累了，我们也累了，但在这个时候早已看不到海底，只有银白色的它在水中翻来覆去，海底像是无底的深渊令人害怕万分。当时我们年轻，胆量又大，而且做好一支鱼枪要浪费很多时间，我们想。大鱼逐渐软弱了，血不断地流。深度大约在十五六㖊时，弟弟冲动地潜下去欲补一枪，我在水面看着弟弟的脚掌越来越小了，大鱼不断地在挣扎，忽深忽浅。正值壮年的弟弟，迅速地补上一枪，我看着他和大鱼拼斗，于是立刻潜入水中，弟弟由下往上望，一个手掌、一双脚掌抓住海里的鱼企图浮上水面，当我抓住被大鱼拉走的鱼枪时，大鱼已耗尽能量。彼时，我们就稍微轻松地把鱼拉上海面，"呼"地长声吐出胸膛里余气，换口新鲜的，哇！捉到了。我们的兴奋难以言喻，但当我们望着陆地时，那真的是很遥远很遥远啊！（按现在的算法，大约离陆地一公里半左右，在那儿射鱼，我们离陆地礁岩约摸五十公尺远而已。）怎么游得到陆地？我看着弟弟，无论如何，非得游回岸。那时候，鲨鱼很多，生怕大鱼流出的血腥会被鲨鱼嗅到，真有鲨鱼的话，我们怎么办？幸好，我们平安游回岸上了。双腿很累很累，这个时候，我们清楚地看到这条Awo跟我一般长（一六〇公分左右）。“哇！好大的鱼。”我们说。

故事说完，老人家总有诗歌来吟诵当时的心情与搏斗、挣扎的过程。说到这儿，大伯的笑容淹没了黑夜寂沉的荒凉，好戏开始搬上思维的影幕，对于我“黑夜归家的男人”的叱责便完全消失了。叔父看着我微笑，他说：“夏曼，你今天射几尾六棘鼻鱼和锯尾鱼呢？”我举起酒杯，说：“八尾锯尾鱼，四尾六棘鼻鱼，还有……”他的微笑是我的成就。毕竟，现在兰屿岛的鱼量正加速锐减，而我射的鱼，叔父了解的，只有海流湍急的地方才有。他接着又说：“我们三兄弟，年纪已很大了，我可以说大话，以前，我这两个哥哥是潜水高手，全岛的族人没有几个能超越他俩。而你们几位堂兄弟承继了这样的遗传基因，也都很会潜水。所以，我的要求是，在下午时段不可单独浮潜射鱼，其次，射到大鱼不可骄傲，散播自己在潜水方面的能力，只有谦虚才会博得族人的敬仰。”

“海，是一首唱不完的诗歌，波波的浪涛是不断编织悲剧的凶手，但亦为养育我们的慈父。我们爱它，但不了解它。‘夜归的男人’是酿成悲剧的前奏，我们三兄弟，还有哪种鱼没有吃过、捉过呢？但不吃用生命做赌注射回来孝敬我们的鱼。我如此说，因为我已经是为人之祖父的老人。”

是的，我的父亲们都老了，三兄弟因我的夜归而提心吊胆、伤心落泪。在寒风凛冽的深冬听完他们给予我的训示，倾听他们在海上乘着自己的刳木舟与恶劣天候、攀天骇浪搏斗的惊险故事，我们这些晚辈由衷敬佩。三兄弟坐在一起是一幕活的历史，他们不断地回忆往昔的苦难、成长，美好的有趣的事。叔父不停地求他的两个哥哥讲些在飞鱼季节夜航到小兰屿的事情，故事说到精彩惊险的部分时，父亲们便低着头吟诵诗歌。昔日与大海搏斗的英雄影像如今已不再重演在汪洋的波涛上，换来的是深沉荒凉的音色迅速飞逝，但无损于父亲们坚韧的气质。他们一首接一首地唱，是那么地动听，欲图唤醒熟睡的儿子。他们的表情，他们的故事，他们的思想，无一不在震荡“夜归的男人”的心，我偷偷拭去眼角的水滴，我，为何淌着泪呢！

好久好久的时间，屋里所有的人沉浸在父亲们动听的故事和歌声中，也让枯坐在外头、拒绝进屋的母亲停止抽噎。深夜的部落静谧得令人感伤，而阵阵的东北季风像是恶灵肆虐的咆哮声，未曾停息。叔父动作熟练地扶着大伯走出门外，说：“真不好意思，你是我们最爱海的孩子，别跟大海……我们已经是没用处的老人，愿你明白我们的话，祝福你。”影子和身躯消失在看不到的地方，而我能说些什么呢？此时，亲戚们缩短颈子一一地和我道别，矮小的大堂哥说：“弟弟，别跟大海逞强，有那么一天祖灵会抛弃你的，在波浪下。”

是的，我会被抱走灵魂，但我感伤的是，自称为“海底独夫”的我，在海底的英雄表现，在亲戚的嘴角却没有半句歌颂的唱词。我的亲密爱人的愤怒如同刚才骑车去打鱼时一样地令我讨厌。躲在凉亭雨下不到的角落，望着寒夜的海，把身体装进睡袋里，坐下来听风雨声。

屋内传来亲密爱人的声音，说：

“去台湾做工算啦，家里没钱用。”

“你的头脑里全是海的影子吗？”

“你潜水射鱼的骄傲，只让全家人提心吊胆、忐忑不安。海，怎么可能给你财富呢？”

“从台湾到兰屿，穷还未离开你？”

“你是海底独夫，更是陆地上贪婪的懦夫……”

女人在抽噎，伤心家里没有钱用，孩子们没零用钱……我现在感觉好冷好困，雨丝不断被风吹落在我黝黑的脸上，我不知道该想什么，甚至想说些什么来安慰亲密的爱人。凉台下面的另一个女人——我的母亲，她不停地在咳，咳得我心绞痛。妈添些干柴在红焰的余炭上，并用我丢弃的稿纸燃着小火苗。火，逐渐燃红干柴，但……仍在咳，一咳就是一分多钟，咳完一段便诅咒恶灵为何不远离她。两个我敬爱的女人，今天都要求我远离海洋到台湾做工。我在想些脑海里的东西，不想还好，一想全是海底的景物，全是鱼的影子。我试着不去思想，但……

屋内又传来如同深夜般忧郁但很温柔的声音，说：

“夏曼，你到台湾念书追求的真理是回来潜水捉鱼？贡献你所学、所看的给兰屿的孩子吧！”

“想想，那些从台湾念书回来的朋友都在当老师，当公务人员，他们都已在台湾买了房子，多光荣啊！”

“他们的生活多好呀！白天教书，晚上喝酒谈天，寒暑假又有薪饷可领，你呢，一无所有。”

“你究竟在想些什么呀？我们的生活费只靠一个人赚怎么行？”

“孩子们慢慢长大了，将来的教育经费从哪儿来呀？孩子们会以穷光蛋的父亲为荣吗？”

“去找个工作上班，你晚上依然可以潜水射鱼、捉龙虾卖钱呀！”

“家里有钱用，我就不会吵你看书、写作的。”

这一阵子有很多关心我的朋友问我，假如你去念师大回来教书的话，你现在应该是蛮有钱的人了。如果依据常规推理，应该是有钱的，但不会认识他们这些好朋友了，我的处境也会如同现在的达悟老师一样：只关心自己的事、没有大风大浪地平静生活。近二三十年来，台湾“政府”不知培育了多少各族群的教师、医生，并分散于部落、社区服务。这些朋友都因为是“山地山胞”、“平地山胞”的特殊身份方有今天的地位，如果没有保送，究竟会有几位靠实力考上呢？四十几年来，族群的集体利益不曾被纳入立法政策的议题，是件悲哀的事情；但更甚于此的是，族群知青并未团结起来，扮演维护集体利益的第一道防线，悲呀！我以为，追求理想会随着时间而提升，但也会随时间而堕落、瓦解。可是至少得去尝试挣扎，使自己感到活得有意义、有尊严啊！说真格的，我在懵懂年岁拒绝保送，不是放弃前途或自以为是，而是唾弃沿用汉人一言堂式的教育制度重复刺伤自己民族的下一代。这是“以夷制夷”的共犯，如此之恶名，我的尊荣如同不曾存在。我的思想萌芽于达悟族的土地上。虽然追求无影的理想到后来是个标准的悲剧人物，但我在海里的感触以及她赐给我的生命真谛，比我家产万贯更有价值。并且因为与海洋搏斗的关系，我发现人的生命在急流中、在波峰波谷是多么地脆弱，如此之体验使蛰伏在胸膛的斗志不敢稍减。有充裕的经济收入，便无从体会穷人、弱势民族心中的需求，用贫穷来充实我们的生活，用新鲜的鱼汤养育成长中的孩子，捉上等的好鱼孝敬八十来岁的父母。假如上帝不眷顾我们的话，至少我们不会轻视自己，以达悟人为耻。我亲密的爱人，明白我的话吗？我说。

美丽的她，回答说：“你不进屋睡吗？”

“没关系，我在凉台想些事。”孩子的母亲停止饮泣了，也暂时熄掉因贫穷衍生的苦恼，但母亲的咳声还继续着，咳得我心好疼好疼。我从凉台的缝隙看见她在煮鱼汤，是入夜时她拒绝吃的鱼，三粒芋头放在旁边。好好吃的鱼，我突然饿了起来，可是无胆打扰她优雅的、满足的吃相。一锅汤喝完了，咳声也渐渐微弱，我像呆子一样为自己的糗样含笑。

母亲把脸朝向赤红的木炭，好使温火之余光温暖她冰凉的脸，好好睡吧，依那。路灯的光渐渐地弱了起来，厚实的乌云依然笼罩在八代湾的上空，海平线隐隐约约浮现。其实，达悟是很幸福的民族，早晨起床的第一件事就是看海。但四十多年来，我们族群的幸福逐渐地被“恶灵”吞噬，被建造“恶灵”的财团阻挡享受幸福的康庄大道。

黎明时分，我感到疲惫的快乐。海，依旧是那么地令我亢奋。下午，我依旧要去潜水射鱼，可是，不当“夜归的潜水夫”，因恶灵越来越多了。

“蓝波安、娃娃该上学了。”我愉快地唤醒孩子们。

“哥哥的数学考卷和我一样都是三十多分，今天下午放学后，你要在家里帮我们温习啊，不准去射鱼哦！”大女儿娃娃揉着刚睡醒的眼睛说。

“好的，爸爸帮你们复习考卷。然后，晚上爸爸去捉龙虾给你们吃，好吗？”

“按照你说的啦，爸爸。”儿子说。

孩子们的母亲抱着小女儿也在看海，说：

“好凄凉的天气，好沉寂的海啊……”

“是的，好冷的感觉。”

黑潮中的亲子舟

这条船是父亲和我共同做的刳木船，

他说：“我相信你在海上的能力。

做条船给你是你还乡的礼物，

也希望你体会祖先在海上生产、

钓Arayo（鬼头刀鱼）那种不可取代的骄傲。

你是达悟（兰屿）男人，我老了

现在换我在陆地上等你钓的Arayo。”

海上漂浮的船，证明兰屿人的智慧很高，

于是逐渐把自己溶化在母体的文化中，

尽情享受不为金钱生产的生活。

潘小侠／摄

1990年10月某日

夜，轻轻地把雅美人的岛屿铺上了数层黑色的纱帘，天空的乌云滴下了细细的雨丝，随着秋风的吹拂便斜斜地、不规律地落下。

雅玛、依那宅里，因长年累月地使用柴薪炊火，洁白的墙成了黑色，就连唯一的日光灯管亦变成了黑的。雅玛轻轻地向内移开破旧的门："唉，外面下着雨……"把背慢慢地靠在和他肤色同程度黑的墙上，深深地吸了一口烟，眼神、脸部的表情看不出是喜还是忧。对上了年纪的雅美人而言，似乎都有如斯相同的"日出而作，日落而息"的宿命气质。虽说如此，但他们是何等地坚强，不曾为寒苦的生活向人低头，就是生重病，生命即将结束之前的那些天也必须要劳动。可以肯定的是，父亲的劳动时光绝对还有好几年，他喜悦的是，他终于等到我和他共同造舟，教育我如何选择材质、如何祝福山林的神祇等。雅玛真的是在期待我学习传统的或是古老的生存技艺。父亲常言："你抛弃族人的传统工作是我这个父亲一生最深、最大的耻辱。"他吐出一大口烟雾，小声地哼他自创的诗。

他忧虑地自问：不知道孙子的父亲愿不愿意和我上山砍柴造舟？况且孙子们急需用钱买奶粉吃。他们需要钱，他们需要造舟。他感伤地又哼了他的歌：

年少自傲如我
顶着灼热的烈光
往返大小兰屿……

“又不是只有你一个雅美人顶过烈日的阳光，干吗唱那么骄傲的歌？”依那听不顺耳那么美的歌词而讽刺地说。外头乌云满天，看不见月光。父亲背着墙，双掌在日光灯下摊开，数了一数日子，认为今天是吉利的夜晚，可以和孙子的父亲谈谈造舟的事情，雅玛这样地思想。

机车的噪音破坏了村子宁静的夜晚，于是早早地把引擎熄掉。我那好吃懒动的狗，今日的夜晚它勤快地顶着雨丝在外头等我捉鱼回来，而它的叫声把父亲引出屋外淋雨。“孙子的父亲，今晚以后别再单独一人潜水打鱼，现在的魔鬼比我那个时代坏上千倍。”

“雅玛，我每次潜水以前都会在岸上留两根长烟，求我们魔鬼的亲戚保佑我的。”我和蔼地回答父亲的话。

“自从汉人来了之后，有很多的数不清的，还有日本的恶灵都住我们的岛屿，真正会拿人命的是那些外来的恶灵，所以潜水在晚上不得不小心呀，孙子的父亲。”依那重申。

都是魔鬼，动不动就说魔鬼，我心里没有魔鬼，这下子也被说得有些害怕了，心里头顶是不高兴的。“哇！好多的鱼！”我那微胖的女人很兴奋地说。我的父母亲嘴里说着魔鬼，但吃在胃里的新鲜鱼是让他们欣慰无限的。

夜半，依旧飘着雨丝，秋风中的夜与雨最令我喜爱，瞪着路灯照射所及的范围，雨真是美极了。手中捧着大碗的新鲜鱼汤，细心地品尝自己的劳动成果，看着孩子们在床上横七斜八地沉睡，想想，我还真有点父亲的样子。不一会儿，父亲双唇衔着一根烟走到屋外的凉台上，说道："我等了十多年了，你愿和我共同造舟吗？飞鱼季节就要来临了，没有船的家庭，等于没有男人的家。"

"你还有劳动的体力上山伐木吗？"我试探地问。

在黑夜里似乎看到了父亲的笑容，好像在嘲笑我说错话。秋天的夜风带着少许的寒气，七十四岁了，在这样的夜晚仍光着上身，真的很不错的父亲。

"既然敢跟你说要造舟，我就有把握爬山、砍伐树木；反之，我是怕你不跟我学习造舟的技巧。"父亲说着。

的确，把一棵树削成三四公分宽的木块不是一件易事。况且木块还是有曲线的，而要在山上完成木块的雏形，除了技巧外，更重要的是胳膊是否有力道。至于我是否比父亲有力，诚如他所言："外表看来，你是比我结实有力，但在我像你这样的年纪，你是差得远呢，孩子。再说，砍树不全是靠力道，而是依赖用斧的技巧……"

"如果你还有体力的话，我们就合造一条船吧。"我说。

"不是我有没有体力的问题，而是没有船的男人能算雅美的男人？"

"眼看你就要变成台湾人了，别人若说我的儿子是被汉化的雅美人的话，我是生不如死的。”

雅玛是很传统的人，也是很有个性的人，他拒绝食用色拉油炒过的任何一样菜，他的上乘食物即是新鲜鱼。其实，我回到家乡定居，最渴望的一件事便是和父亲造船，如今他反而先提议，我心里头有说不出的喜悦。

“夜已经很深了，你打鱼也累了，许许多多的事待我们上山的时候，再慢慢教导你。”

父亲进屋之后，依那问起父亲说：“孙子的爸爸在台湾十多年，他行吗？”

“不行也得行啊，他又不是汉人，用钱向别人买鱼是最没有用的男人……”

“没错，不过孙子的父亲会有那个体力，存有那颗心学习造舟吗？”没有噪音的夜晚，依那的话再怎么小声，我依然听得一清二楚。确实，有很多的青年族人在台湾流浪多年后，在回乡省亲的三四天里，长辈在他们身上闻到的尽是胭脂粉味、古龙水味以及浓浓的酒气，而没有一滴海水的腥味。母亲如此质疑我的能力，不是因为我染了以上的恶习，而是我在她眼中是汉人的体能而非雅美人的，是远离树木的、没有土壤味的人。依那的这几句话，证明了我在他们的心中是没有传统劳动地位的新人类。

11 月初某日

造舟是我雅美人最重要的技艺、生存工具以及被族人肯定为真正是男人的工作。除了造船外，你的工艺是否精细、船快不快等，无一不证实你的能力，而这个能力长久累积便是你的社会地位。

看！那条黑潮汹涌的海流，冬季和夏季的流速是不同的，近海和远海差异更大；月圆、月缺、大潮、小潮亦都不尽相同。雅玛和我站在雅美族祖先石男和竹女相遇的半山腰上远望如曲河的黑潮时，向我简述着。

“在你祖父少年的时候，我们依姆洛库部落有二十几条船在那儿钓鱼，加上依拉岱部落的四十多条，共计快七十条的船。海流所经之处正是鱼儿最丰富的地方，当天早上浪是平静的；在夏天，由于是潮流正要变的时刻，所以鱼儿吃钩特别勤，钓鱼的族人也钓得特别高兴。就在海正要退潮的时刻，刮起了强风，下了暴雨，十桨之外的距离一片漆黑，而海水的水向是往东南，也就是往菲律宾的方向。瞬间海浪冲天，水流湍急；在那时，没有经验的族人或没有听长辈们讲述应付强劲海水方法的人，全被大海吞噬了；而有经验者或经常和老人谈天的人，便循着海流慢慢地划近岸边；狂风和暴雨骇浪骤然消失后，沿着礁岸回航的两个部落的人只剩十六条船，其中之一就是你的曾祖父的。其他的，只好祝福他们的灵魂了。所以，孙子的父亲请牢记，年轻人划船千万要学会观察东西两边海平线云层的变化，大潮、小潮的海流是和月亮有直接关系的。你虽然潜水射鱼的能力不错，但和划船往外海钓鱼是截然不同的，没有结实的胳膊，没有厚厚的手掌茧是不能和海流搏斗的。”在觅材的过程中父亲如此讲课给我。

"孙子的父亲，这棵树是 Apnorwa，那棵是 Isis，那棵是 Pangohen……这些都是造船的材料。这棵 Apnorwa 已经等你十多年了，是拼在船身两边中间的上等材质，这种材是最慢腐烂的。这棵是 Cyayi，就是今天我们要砍的船骨……"

在父亲铲除船骨周边的蔓藤之前，他口中念念有词，蹲在地上祈求道：

森林的山神啊
我是已为祖父的老人
包括我的声音和体味
你们是熟悉的
孙子的父亲也一道来祝福你们
别让我们手中的刀斧由锐变钝
好使你早早在海洋中
冲破汹涛骇浪逞英勇。

"哔"的一声，惊动了力·巴杜克山顶的灰面鹫、木叶蝶，它们吱吱地叫着，父亲是一眼也不看这些鸟，唯恐瞧见 Tazkok 鸟（不吉利的鸟）。他一面削砍树干，同时又祈求道：

我等了你十多年
砍除你周身的木屑[1]

1. 铲除妨碍好运的恶灵。

留下你最坚实的部分

那是充满飞鱼、方头鱼腥味的木块[1]。

父亲砍了三分之一后，把斧头交给我，并令我念最后一句“充满飞鱼腥味的木块”……我越说越起劲，不久这树便顺利地倒地了。父亲又道：

你是孙子的父亲之主人

求你在大海中庇佑我的儿子

满载飞鱼的荣耀归于你。

“雅玛，砍造舟的树需要说那么多的话吗？”我说。

“树是山的孩子，船是海的孙子，大自然的一切生物都有灵魂，你不祝福这些大自然的神祇，你就不是这个岛上有生命的一分子……有了这些仪式，大自然就不会淘汰我们的民族。”这跟淘汰有关系吗？我如此质疑。

“夏曼，你在台湾莫名其妙地生活了十六年，你是无法体会、无法相信我们这些老人为何如此敬畏岛上一切有生命的生物。你在台湾受教育，台湾的老师绝对不懂树的灵魂是有被尊重的权利的，他们只教育与我们岛上族人生活不相干的知识。我的年岁已经很高了，在我有劳动能力的晚年里，但愿你不嫌弃父亲口传给你的一些事物，唯有经常劳动的人，思想才是清晰的……”

1. 祝福船灵带来好彩头，雅美语都用鱼的腥味来诠释之。

树干愈削愈薄，父亲像是营养不良的人，肌肉都已萎缩了，但剩余的肌肉紧贴在骨头上，尽是粗粗的血管、明显的线条，这恐怕是健身院捏造的肌肉所不能媲美的。我细心地带着最崇高的尊敬观察着父亲一上一下地削掉木块，丝毫没有一点疲倦，在我内心的深处自然是自惭形秽啊。

“哔……叭哔……叭”的声音在力·巴杜克山峰上是那么地清脆，鸟儿的鸣声宛如女儿无污染的笑声令我心旷神怡。

“别在山里东张西望，山中恶灵是很容易辨认出你是山中的新鲜人（年纪轻，很少去小兰屿的雅美族人皆以“新鲜”自称，表示对祖灵的敬畏）的，往后你在山里工作不会顺利的……”

老人的思想里为何无时无刻不浮现鬼的影子呢？在工作顺利的时候，会感激魔鬼的协助；不如意的时候，亦会以很严苛的、最毒的词汇来诅咒恶灵。第一棵树——船的龙骨，父亲的神情是那样地严肃。船是海的孙子，为什么呢？我想。七十四岁的老人了，究竟是什么样的神力驱策父亲一定要造船呢？是年老的自傲，抑或想让我亲身体会造船的困难与完成的骄傲呢？我一边削木块一边这样想。

“孩子，船的龙骨要首尾稍高……你的第一条船快不快，要不停反复思索船的曲线，不断……”父亲在一旁指导我。就这样从第一棵树砍到第十二棵树，从雅玛的口中学到了很多，并且发现在岛上生存的骄傲正是和自己的勤劳成正比。在一个半月上山砍伐造舟材料的同时，我学会了敬畏山林，学会了祝福祖灵，学习了疼山爱海的生命本质，更加万分尊敬完全使用体力劳动换来生存智慧的老人，他们会向大自然山林、大海洋波涛低头，但绝不会向与自己有同等劳动力的族人低声下气。在此过程中，我明了了族人看似懦弱、内心强悍的性格，完全是受了环境的影响。

1990年12月下旬

太阳刺破了黑夜朦胧的皱纹，平静的海平线上伸出来一颗红色的头颅，天终于翻白了。父亲和我像是海洋的乖儿子，一同到海边祈福我们的船。船英雄般地浮在海面，傲视一望无垠的海洋。我们蹲在潮间带拍岸的上限，波波宣泄的小浪花宛如海神众子孙的微笑，在热烈迎接我们的船。

"孙子的父亲，船身向左微倾，这现象是因为我们在左边的木块削得比较少。左重右轻，正是我要的船，因我俩都是右撇子，右手比较有力，划起来便成直线。"父视终于笑了起来。

我像是没有仪队、群众迎接的孤独英雄。坐在刚造完的船上，行试航的仪式。父亲则在岸上欣赏船的速度和我划船的姿态。

两个月之后，便是飞鱼季的开始。村子里的族人早已送走了台湾来的雅美的省亲青年。留下来的，则是残存岛上、无剩多少劳动岁月的老人以及几位不适合在台湾谋生的青年，包括我在内。

大船鱼祭后的一个半月，即是最隆重、庄严的小船祭拜祈求飞鱼的佳节。父亲戴银帽，我则在头上套上族人视之为最贵重的 Ovay[1]，跟在他后边向海边走。右手握个礼刀及一公尺半左

1. 金箔片，为雅美人最重视的有形财产。

右长的嫩竹，左手拿片用水煮过的楠仁树的嫩叶，里头包裹象征生生不息的新生小米穗三支。父亲道：“在海上，船即是你的生命，所以第一支小米穗是祝福小船的灵魂；第二支是祝福、祈求黑色翅膀的飞鱼之神明；第三支是祝福自己、飞鱼和船身在大海共同存在的三合为一的灵魂。你要求道：‘我用最洁白的心、最鲜红的牲血祝福你们（飞鱼）；我恪遵飞鱼季期间所有的戒律，但愿你们像雨滴滴满我的新船，让我们彼此共同祝福。’”而后，把竹子切成三段，两段约十公分长的插入系桨的绳索，长的安放在船首的右侧。最后，我站在船身里，向着广大无垠的海洋求道：“祝福你们——天神赐予的粮食；我永远遵守你们祖先传下来的禁忌；我的心被所有的祝福填满了，一如你们填满我的船身，一尾杂鱼也无。”

翌日，便叮咛家人向学校请个假。在清晨，天刚微明，村落里凡有小船的都聚集在海边，并且每个人都配妥了钓具，等待最年长的勇士——钓鬼头刀鱼的领航员。所有出海的男人悉数到齐，在长老的领导下，用钓具沾了海水后，便共同呼唤飞鱼的灵魂。接着便由最年长者首先切破海神的波浪，然后一船接一船地各自追踪鬼头刀鱼群集的海域。我是最年轻的船员，自然是最后出航的一个。这也是我最喜欢的，因我可欣赏一船一船破浪而行的雄姿。我可敬的族人，他们都是上了年纪的海上壮士，他们松弛的肌肉承载着求生的意志，承继着千年来祖先求生的技能和文化；他们的神情是如此坚强，如此稳重，究竟是什么样的神力在吸引我可敬的长辈们非得年复一年地恪守飞鱼季的仪式呢？是习俗？是荣耀？是地位？是竞争？我不停地反复思索。

宣泄的浪花是海神众子孙迎接的笑容，我迫不及待地追踪长辈们的航道，最后一位是我。

“孩子，去吧！遵守禁忌会让你我心安理得。”我的兴奋带着喜悦，我的喜悦带着严肃，我的严肃盼望着有渔获，渔获会带给我、父亲、家人至上的荣光。第一桨、第二桨……冲破浪的波峰，在波峰上以鹰眼般锐利的眼神梭巡鬼头刀的鳍背。一百公尺、一公里、两公里的距离，父亲依然伫立在卵石上，双掌顶在睫毛的上方，专注我们共造的船舟的行驶，也许是在虔诚地祝福我。越来越远了，父亲像是起了化学变化，由肉身成了黑色的肉点；但我在海上仍旧可瞧见他的双掌在眉间。最后，在波浪一高一低的律动中，父亲的黑点消失在旭日东升、阳光照射村落石砌路的那一刻。

在海上漂浮，我感到自己有点像雅美男人了。船只载着意志坚强但肌肉松弛的老人不时擦船而行，并船行驶，他们从内心挤出的笑容在海上的感觉是那么令我感动。“夏曼，小心波浪哦，热烈迎接你加入祖先传统的 Mataw[1] 船队。”阳光跳过了独·色恩特山的山峰，一丝丝的光线灼痛了我似是结实的肌肤。

哇……鬼头刀在我船旁冲破海面飞了起来，它冲入海里溅起的浪花浸湿了我的衣裳。哇！那是我的大鱼，我赶紧捉住我的渔线，展开了大鱼和自己之间智慧与体能的战争。还真不是假的，那尾真大！为了不在船队里漏气，为了表示我是雅美的男人，

1. Mataw 是第二次招鱼祭后，有五天的时间只能钓飞鱼和鬼头刀鱼，禁止其他捕捞行为。

为了表现自己的力气，就是不给鬼头刀鱼喘息的机会，拼命收起渔线。但是,鱼毕竟是海里的动物,力道不比我弱。花了十分钟,我终于战胜了大鱼，就在把大鱼弄到船身之时，好多族人看到了我钓到鬼头刀鱼,而且是第二名,还有四五十只船没有消息哩。老人们又以笑容夸赞我的好运气。十来分钟的较量使得自己早已汗流浃背，我脱掉衬衫，脱掉被汉化的虚伪的外衣，和我的族人们公平地接纳阳光灼热的紫外线和浪涛的浸润。嘿……我是雅美人，真正的，绝不是被文明化的雅美族青年。我用双掌摸摸浮动的海流，念道："你们认识我吧，海洋。"接着又和船的灵魂沟通道："愿我和你永远是海神的儿子，在海上逞英雄。"

三公里、两公里、一百公尺、十公尺……越来越近陆地，父亲和迎接船队的长老们早已在海边谈天。他们个个把双掌顶在睫毛上方，猜测第一位回航的船员是谁（Mataw 首日，没有钓到鬼头刀鱼的人是不能首位回航的）。船愈为接近，长辈们缩小的肉躯愈为显明。雅玛在心里想必早已知道是我，但其他的长老怎么猜也猜不到是我这个新鲜人领头回航。他们想，在这种情况下，新鲜人不是钓具缠线就是毫无耐心。父亲内心定是怦怦然跳动剧烈，唯恐传来坏消息。

在我 Mapaboz[1] 时，看到了父亲的神情，他是如此地疑惑，其他的长老纷纷挺直身子，左瞧右看船首是否有大鱼的尾巴。潮水退得很大，礁石露出了水面，使我在划桨靠岸的时候犹如蛇形。我假装没钓到大鱼，故作失望样，不咧嘴露牙欢笑，只是把喜

1. 船尾向陆地做靠岸的划姿。

悦埋在舌尖。四五位长老探头伸颈地望望我的船身，此刻，父亲的脚掌早已在水里扶着船尾的 Morong[1]，他终于露出了六十多年来沾满了槟榔汁的牙齿，而我……微笑是给长辈们最上乘的回礼。“不错！新鲜人不空船回航是好的运气！”“夏曼·蓝波安没有被汉化……”“夏曼钓了一尾祝福泊船港的灵魂，真感激他带来好消息，谢谢他赐给我好运……”我在长老们的赞誉中获得了最神圣的祝福，他们肯定我是雅美人的海上勇士。中午的时刻，当 Mataw 的船队一船跟着一船回航靠岸时，所有的勇士也都有所斩获。顶着正午的太阳，我不知道我祖父的灵魂在冥界是否也祝福我。雅玛、依那、妻子、孩子们尽在我四周用欢笑纠缠着我。我想，这就是不文明民族可敬的地方——用劳动累积的成果来累积自己的社会地位。明年、后年，甚至有幸苟延残喘到八十岁，我还是要恪遵飞鱼的禁忌，参与捕鱼的行列。

1. 装置船饰的桅杆之顶部。

飞鱼的呼唤

这是骄傲的笑容。

“零分先生”跑步出去，帮老师买一包槟榔和香烟后，才信步往回家的路上走去。

“雅玛，带我跟你一起出海抓飞鱼，好吗？”达卡安刚放学回家，喘着气，面带微笑地央求他的父亲。

达卡安斜背着经常让海水浸湿却从来不曾洗濯过的、很少会装书本和作业簿的书包，穿着湿漉漉球鞋的脚背上，有好多肮脏的泡沫。白底蓝条格的小制服，不知道从哪儿沾上了红黑绿黄，五颜六色。满是油垢的小腿，仿佛从来不曾用肥皂洗过。这小岛上的雅美少年，很少不是这样的，买得起香皂的人家毕竟罕有。虽然，小达卡安他爸，事实上也曾为了孩子咬了牙买过香皂用，只是当下正是飞鱼旺季，钱要用来买大量的盐巴，就更没有余钱买香皂了。达卡安弓着身子，面对正在凉台缀补鱼网的父亲。这时候已是午后5时许了。

父亲眼看太阳要下海休息，加快了他补网的速度，达卡安说的话好像一阵小风吹过一样，没听进父亲的耳朵里去。

“夏曼·达卡安，昨晚你去哪儿捕到那么多鱼啊？”在屋下的邻居问。

“没几条啦，才两百零六条而已啦！就在Jiliseg海域那儿。”

“原来你去了那头呀。昨晚我才捕到三十多条而已，实在很差。”

“带我去抓飞鱼嘛！雅玛。”达卡安央求着说，没有装课本和作业簿的书包，依旧斜背在他的小肩上。

“你来干什么？书根本就念不好，你给我待在家里写作业！”父亲有点不高兴地说。

“孩子跟你去捕飞鱼，有什么关系？你硬要他写作业，孩子哪天给你写过了？还不是跑到海边，躲在大石头旁，等你捕鱼回来？要他写作业，就像不让他去游泳一样痛苦啦！带他去一次，让他过过瘾吧，也叫他知道抓飞鱼不是那么简单的事。”黑干干的母亲嘟哝着说。

夏曼·达卡安沉默地赶紧收起鱼网，天色已经黑下来了。

“带我去嘛！我现在已经小学六年级了，我的双臂已经很有力气了。”达卡安卷起短袖的袖口，要爸爸摸摸他凸出的小肌块，欲图展示力气，说服比他更结实强壮的父亲。

“你摸摸看，我的肌肉，摸嘛！摸嘛！雅玛。”

“光有力气管什么用？头脑简单啦，你！到头来还不是瑟缩地睡在工厂里！你的力气只配做台湾人的工人啦！教人使唤你做东做西啦！光有力气没有用，如果不识字，那就更惨。都六年级了，什么事也不懂！”夏曼·达卡安越说越心烦，瞅着他的儿子小达卡安继续说着：“你看看，你的书包根本就还没放下来，看准你就是懒虫一条啦！家里虽然穷得都没有凳子、椅子好让你和弟弟写功课，可是你总得自个儿想个办法，写你每天的作业啊！”夏曼·达卡安说：“哎呀，我看准你又是在学校玩了一天。天天只知道玩！爸爸是不会带你这没出息的孩子坐船出海捕鱼的！”

一贯活蹦乱跳、无忧无愁的西·达卡安的眼眶，这时忽然红了起来。他把书包摔在地上，睁着失望的瞳眸，嘴角因为委屈和气愤而歪曲颤动着。他想：学校的作业分明就是跟他作对嘛！不论他怎么用功，那么多的生字要念、要背，就好像看到恶灵一样……

“雅玛，你为什么不带我出海去抓飞鱼呢？每次看到你抓到很多的飞鱼，看到你兴奋的样子，我就巴望长大了跟你出海。雅玛，我已经长得够大了……”小达卡安靠在凉台的柱子边，伤心地说。

而爸爸却依旧沉着脸，默默地径自走了。达卡安踩着小步，紧跟在后面。

“雅玛！”小达卡安悲鸣，“我要诅咒我们的飞鱼哦！如果你不带我出海的话。”

蓦然间，父亲像是被巨大的恶灵惊吓了似的，停止了脚步，睁着怒目，斥骂明知而又故犯大忌的儿子。

“再说一句看看，我就把你那张魔鬼的嘴巴打得碎烂。”夏曼·达卡安说道，“你可以咒爸爸捕不到鱼，可是千万不可以咒骂我们的飞鱼啊！它们不是普通的鱼，是天神赐给我们雅美族的食物。如果其他族人听到你诅咒飞鱼，你叫我到哪儿去张罗一头猪，好宰了向族人和飞鱼道歉、忏悔呢？”

夏曼·达卡安高亢的声音，招来邻居们探头注意：“哦哟哟，不懂事的小孩，怎么可以咒骂飞鱼呢！要诅咒我们族人不成？……”

小达卡安走近愤懑的父亲身旁，撒娇讨好地说："对不起啦！带我出海抓鱼嘛！雅玛。"

"也不知道达卡安为什么今天老缠着他爸爸，非要跟他爸出海捉飞鱼。"夏曼·达卡安黝黑干瘦的妈妈在一旁想着，"平常小达卡安可从来没有像今天这么认真，非出海不可呀！莫非在学校不听话，被老师狠狠地掴过耳光？"

夕阳落海休息后的海滩上，早就聚集了很多即将出海的男人。他们有的在努力系牢桨绳，有的在整理鱼网，有的则在吐雾吃烟、谈天。准备在余晖中出海的雅美男人们显得格外沉着冷静。海浪的律动，是他们熟悉的。鱼腥味很浓的海水，在这个季节特别令雅美族人喜爱。自古以来，自有飞鱼神话故事之始，从来也没有人曾经听说过这小岛的居民有哪个不喜欢海的。夕阳晖光在大海的波峰之间投映，频频闪烁着银白色的光芒，宛若飞鱼脱落的鳞片，呼唤雅美人捕鱼的舟队。

"飞鱼在很古很古的年代，就曾经跃出海面，飞到岩礁，让我们的祖先认识飞鱼的种类。飞鱼的酋长——'黑色翅膀'就这样教育了我们的祖先，如何食用飞鱼，如何捕捞它们，如何祭祀它们……"早在西·达卡安四五岁学会了游泳的时候，就不曾忘记这段祖父跟他说过的故事。

海浪十分有规律地在眼界所尽的大海面宣泄了。

"Maran，今天我代替你出海好吗？"小达卡安温婉地转而去苦苦央求叔叔给他这个机会，他说："Maran，你看我这双胳臂的肌肉，结实得像海边的小卵石。我已经有力气可以划船了，说不定比你还有力气呢！"

"划船不是光靠力气啊，还得靠经验和耐力，并且还要知道海流的流向。划船可没那么容易。不过你想出海的话，你就去吧！可是千万要记住，不可在船上睡觉，魔鬼会捉走你的灵魂的。"叔叔叮咛着。

由于叔叔疼爱小达卡安视同己出，何况在村子里就数小达卡安是最恪守雅美人传统禁忌的小孩。早点学习划船的技能，这原来就是所有雅美男人应该有的本事，也是他凿造独木舟的主要目的。船本来就是要让人在海上逞英雄的，雅美小孩生来也为了这个，小达卡安的叔叔想着。

"好哇！好哇！"小达卡安兴奋雀跃，仿佛他听到学校宣布关门，再也不用天天上学似的。他欢腾的心上，原先那一块沉沉的石块，像在俄顷间炸成碎片。

"你真的要来吗？"父亲用很大的疑虑质问小达卡安，而他此刻，因高兴而张开的嘴巴，已经咧开到了极限，频频点头。父亲这时守着起航前的禁忌，在孩子强烈出海的欲望之下，也唯有教孩子在海上的求生常识及应该遵守的行为举止，而不再以苛责峻拒小达卡安了。

船，漂浮在海面，随着一波波的海浪起落。"雅玛，很舒服啊！"小达卡安突兀地冒出兴奋的话语来。

父亲微笑道："你专心划船啦！"

这是儿子的处女航，于是夏曼·达卡安开始默念雅美人古老的祈福诗歌：

我们古老的、英勇的祖宗，祈求你们庇佑这懦弱的儿孙，教导他那一双鲁钝的桨手……自古以来，你们都是如此保佑这岛上的子民循着你们经验所累积的智慧在海上求——生存……

许多同年的或比小达卡安年长一两岁的族人，在岸边陪着落日的晖光，目送捕鱼船队，一船接着一船，在大海上划出一道道叫人激动的皱纹。划船的力道，使橹桨每插入海里，都激起小小的旋涡。船队就这样嗖嗖地前进了，去追踪飞鱼聚集的海域。

小达卡安骄傲地瞭望着他在岸边的小玩伴。达卡安在学校戴上“零分先生”的帽子，这时倒成了勇敢和光荣的代号。他每划一桨，便看看双臂的肌肉是否变得更大些。他努力地划。“雅玛，我很有力气哦！也很会划船呢。我的同学没有人比得上我。”他对夏曼·达卡安说。

“哎呀！你只有这点本事强过别人啦。等回到学校，还不是又样样输给人家！”父亲说，“划船又不是你每天例行的工作。天天上学、读好书，才是你的活儿呀，知道吗？达卡安。”

洁白的月光照射着大海。远的、近的船只，处处可见，天空的星星多得看不完。此番心情和感受，与在陆地上时是截然不同的。粼粼的银色波光，此起彼落。每条船上的雅美勇士们，都在静静地等候鱼汛的来临。此刻此景，大大满足了达卡安出海捕鱼的欲望。

“雅玛，在海上看天空很漂亮啊！ Yaro mata no angit！”他的母语脱口而出，“好多眼睛的天空！”

小达卡安的母语，在他亢奋时说得最流利。他亲昵地对阿爸说：“Asta pala angit，mo yama。”他说：“看，快看那天空，我的阿爸，看那颗。”

“在海上不许用手对天空指画，魔鬼看到你这样好奇，就立刻知道你是个新手，当心回家睡觉时，他们抓走你海上的灵魂。”

“真的吗，爸爸？”达卡安敬畏地说。

“你只知道欣赏这些景色啦——你，如果你喜欢念书，如同爱慕大海的话，阿爸就不会为你头疼的。你是来捕飞鱼的，可不是来欣赏这些星星。”夏曼·达卡安说，“你想想看，爸爸就是因为没念什么书，所以只配做粗重的活，当人家的工人。以前，爸爸在学校的成绩好呀。有一位神父要我到台东上初中，可是被你祖母阻止。”夏曼·达卡安说，因为小孩应该孝顺父母，他就只好服从她了。如今想起来，真的很后悔。“倘若当时做个短暂的不孝子的话，你的祖母、你的妈妈，今天也就不会瘦干干的，更不会为了挣几块钱的零工卖劳力给台湾人做工人。”夏曼·达卡安感慨地说。

夏曼·达卡安点燃一支烟，把青烟吐向海上的黑夜说：“人，总是会老的，抓鱼的体能也会衰减的。如果你不把书念好的话，除了你没前途外，我们将来的生活也不会有什么指望。永远贫穷，永远只能用劳力赚钱，永远被人瞧不起，永远……你为什么不想想读书将来的好处呢？”

坐船首的小达卡安想着：“这个时候说这般话，实在是很恼人，可是在海上怎么逃避阿爸的话呢？”

网已经撒下约摸半个多小时了。父亲开始感觉到已经有飞鱼冲进他的鱼网。

达卡安静默不语。他似乎有他自己的想头。吃地瓜、抓飞鱼、给人家做工，有什么不好？他想。念书好的同学，不一定有机会上船看到这奇异的星空，享受在海上漂船的滋味，学习族人抓飞鱼的技能啊！在兰屿，成绩好的学生，到了台湾之后，还不是一样最后都落脚在工厂里。小达卡安想着，将来，他的同学长大成人之后，仍旧不会抓飞鱼，而又想吃飞鱼的话，那时候他抓到的飞鱼就可以卖给他们了呀！如此一来，他既可在海上玩，又可赚那些失去传统生产技能的同学的钱了，“零分先生”成了“飞鱼先生”，小达卡安想着想着，便情不自禁地“咯咯”笑了起来。

月光匀柔，依旧公平地照在海上作业的船只上，静静地等待着飞鱼冲网的消息。海浪拍岸的声音“喳……喳……”地传来。

“达卡安，把桨向前划，爸爸要开始收网了。”

“有飞鱼吗？雅玛。”

拉上来的鱼网堆满了船身的一半，仍旧不见无尾银白的飞鱼，小达卡安在船首猛盯网子，神情显得稍微失望。

“忍耐些罢！要有耐心啊！”

忽然间，网子末端掀起一道银白色的小浪花。

“达卡安，你瞧那儿有一条飞鱼，在展翅拍着海面！”雅玛轻声地说。

“在哪里？在哪里？”达卡安焦虑地说。这时他果然看见一道晶莹的银光在黑暗中跃起。

他诧异地喊了起来：“雅玛，真漂亮啊！”

小达卡安瞪大瞳眸，在月色乍明乍暗的照明下，他看见飞鱼在网中挣扎而脱落的鳞片，宛如天空中的星星在波浪的峰顶与峰谷闪烁地摇摆，而鳞片的银光则随着拉起的鱼网逐波靠近。小达卡安错愕地坐在船上，像一尊小小的石像，专注地欣赏那婀娜多姿的飞鱼。此刻近乎停止了呼吸的他，更像是陶醉在众仙女的胸膛中。

他从鱼网里紧紧握起喘着气的飞鱼，亲吻着，然后脱下那红黄绿黑的、白底蓝条格的学校制服，包裹擦拭飞鱼身上的海水，喃喃自语："啊，'黑色翅膀'，你为什么这么久才出现呢？"这正是达卡安要看的——活的飞鱼，而且是一条黑色翅鳍的飞鱼之王！

此刻，他已如愿以偿了。学校里给他的"零分先生"的恶名，应换成"飞鱼先生"，他想。

"我是西·达卡安，我的飞鱼。"小达卡安的胸膛涨满了从来没有过的炽热的情绪。他面向黑色的大海，心中呐喊："现在你应该认识我了。希望有一天，我能自个儿划船来捕飞鱼，在海上当勇士，真正的雅美英雄。"

"达卡安，差不多一百三四十条了，我们回航吧，明儿你还要去学校上课……"

"不要啦，再撒一次网嘛！"达卡安乞求道。"明天你在课堂上打瞌睡，老师可又要打人哦！"

"没关系啦，打就打嘛，疼，只有几秒钟啦！"

"再撒一次网啦，雅玛。"小达卡安说。

父亲很了解，他的孩子——达卡安资质并不差，凡是教他做一件事，大抵都做得很好，令人满意。想起达卡安的外祖父，在达卡安中年级以前，因疼爱而经常地带他逃学，教他认识山里的树、海里的鱼，使得达卡安因而没打好学校里的教育基础，落得每一学期都是班上倒数第一名。

“达卡安将来在竞争激烈的台湾社会里，如何生存呢？”夏曼·达卡安每思及此，不由得郁郁寡欢了。

海浪静如湖面，父亲的心情却如汹涛骇浪。受苦、没钱，我这一辈人还可以忍耐。夏曼·达卡安一边划桨，一边想着，可是，总也不能让孩子受同样的苦难呀！或更甚于此的什么的歧视呀！怎么办呢，怎么办呢？……

这时，达卡安在数着星星，数着正在捕鱼的船只，数着在岸上村庄里明灭不熄的灯火……

“达卡安，你真的那么害怕书本吗？”小达卡安他爸说，“你们的导师跟我说过，你还不会背ㄅㄆㄇ和九九乘法。都六年级了，这些最基础的不会，以后，万一你有点钱，自己却数不来，怎么办呢？”

达卡安意识到，这个时候要逃避父亲的诘问，是不可能的了，虽然他有能力可以立刻跳下水游回岸上。他就是不喜欢父亲以念书的成绩来衡量他能力的优与劣。他明了家里的困境，更了解自己会用劳力赚钱给父母，买家电用品，买很多很多的电器。但他就是不要听有关学校、成绩的事，他是厌烦极了。

想了一会儿，小达卡安说：

“雅玛，我会用我结实的肌肉，很大的力气去赚钱的，这个你放心。而且将来我绝不抽烟、喝酒。到海里抓鱼、上山耕作，不也是很好的吗？”

“唉……”父亲深深地叹气了。这令达卡安心神不宁，星月仿佛阴翳了很多。“你应该好好牢记爸爸的话。”

父子俩开始沉默地划桨。“Yaro rana liban-gbang ta！”小达卡安忽然温柔地说：“阿爸，我们的飞鱼很多啊！”

“不许这么说话，‘我们的飞鱼’，这就咒诅了天神的鱼了。你要这样说，Ala karapyan tamo rana ya。”夏曼·达卡安严肃正经地对儿子说：“‘这些好像够我们吃了。’这样说，懂了吧？”

港边已经聚集着回航的船只了。已有很多的族人帮着父亲或祖父刮掉鱼鳞。显然达卡安和他父亲算最晚归的，这是达卡安觉得最为荣耀的。

“达卡安，你会划船呀？”

“不简单哦！”

“划船会使你的肌肉更坚实哦！”

“达卡安真是难得的雅美小孩，会跟父亲出海捕鱼。现在很多小孩只会围在电视机前看那些无聊的电视剧，学广告里的动作。”有一位邻居的伯伯感慨地说，“假使我的小孩有达卡安的一半，到海边帮忙推船、刮鱼鳞、跟我出海的话，等到老来就不愁没有飞鱼吃了。”

好多的赞美令达卡安感到快乐。他真正地体会到雅美男人抓飞鱼是一件很辛苦的事。唯有划船出海抓飞鱼、体验个中的辛苦和昂奋的滋味，吃了飞鱼才会觉得特别甜美。

虽然族人都在赞美达卡安的能干，达卡安他爸却装作没什么似的。毕竟，在这小岛上，人们深信来自别人过多的奖誉，会转变成为诅咒。所以，人要知道谦抑，不可自满。父亲注视着专心刮掉鱼鳞的儿子，实在是令人喜欢的小孩，他想着；可是他为何没兴趣念书呢？

夏曼·达卡安背着飞鱼走在回家的路上，看来脚步是很沉重的。

"达卡安，明天到学校，要好好念书哦！"夏曼·达卡安说，"会抓鱼没啥了不起，不会认字，将来永远都是台湾人的工人，永远被使唤做东做西，一丝尊严都没有。念书不是将来要做大事，而是让你有一点机会选择自己想要做的工作。"

小达卡安扛着鱼网，像是专心聆听着父亲的话。

一百八十多尾飞鱼，越背越重。现在的日子有电，有灯，做父母的也知道要鼓励孩子们念书，孩子们反而不念书，这是怎么回事啊？夏曼·达卡安想着。

走在父亲前面的达卡安，这时突然兴高采烈地喊了起来："依那，我们回来了！"

"董志豪，站起来！"

数学 0 分。

国语 12 分。

自然 8 分。

社会 32 分。

老师带着毫不掩饰的嘲讽口气说："零分先生，去帮老师买一包槟榔和一包香烟，用跑的！"

达卡安斜背着没装书的书包，孤单地坐在 Jirakwayo 海边的大石头上，望着族人一船又一船出海捕飞鱼。现在已是黄昏时刻。

画着一个大零蛋的考卷，在他有力的手掌里捏揉成一团。

“飞鱼先生”的荣耀和“零分先生”的耻辱，在小达卡安的心中激荡。他在大石头上望着一条条出海猎捕飞鱼的船只划远时，红彤彤的夕阳也已下海了。

路灯照着达卡安回家的路。愈走近家,路灯就显得愈是幽暗。他斜背着的并没有装书本和作业簿的书包里，放着揉成一团的画了一个大零蛋的考卷。

“飞鱼……”

“零分……”

敬畏海的神灵

大伯（左）叔父（右）

在像我这样四十的年岁时，

是公认的潜水高手，父亲也是。

我的肺活量好，是遗传的。

回家定居的第二年，

他们建造大船欢迎我加入传统的生产生计，

当他们吃到我射的大鱼时，

他们喜悦的神情诚如澈蓝海面一样迷人。

前些天，部落里的每个家庭都在Manoytoyon（飞鱼终食节）的夜晚，三五成群地聚在屋顶或庭院谈天。走访村里的各个角落，发现无一不在谈论着今年飞鱼季的种种有趣的事儿。在如此佳节，无云的星空下，我的心情是格外地清爽，不久之后，父亲在我耳根轻声地说："去叔父家那儿，咱们有事商量。"他的神情是那么地严肃，令我在瞬间收起了似是放肆的欢笑。叔父发生事了吗？我心中是有些紧张地在臆测。

当我到达叔父的家时，发现伯父、父亲、叔父三个尚健在的、七旬以上的老人在那儿已开始讨论某事了，于是我才恍然，我曲解了父亲的意思。叔父好端端地，没有生病。然而，究竟是什么事让我敬佩的这些父亲们相聚一堂呢？我静静地听着，但听不出真正的主题是啥，这是雅美人的一贯习俗，先讨论周边的事，轻松地话天南地北，过了一段时间才把话题切入正事。在我正要打开舌尖的话时，伯父抢先道："昨天晚上，孙子的父亲（指我）射了一尾大牛公鲹，是男人鱼，要请你客，结果你不在，真可惜！"叔父心情爽快地回道："还真的可惜，有多大尾呢？夏曼。"

"大约有 Apat · Arangan[1] 的大。"我脸上压不住骄傲地回道。父亲在旁不说一句地在思考什么事情似的，毕竟，在我眼前的，我最敬佩的父亲三兄弟，在他们以前的时代是潜水射鱼的高手。

几位堂妹在旁烤肉，味道顶香的，但对伯父和父亲而言，简直是奇臭无比，令他们恶心得很。因而到凉台上休息谈天。

事情是这样的，叔父先开腔道："二位兄长，孙子的父亲，昨晚大堂弟跑来我这儿，他的大意是说，我们这些长辈都还健在，某位晚辈凭什么要延后一天吃飞鱼的节日？他以为他们有大船就不把我们这些长辈放在眼里？关于这点，我内心亦是万分地不满，他们的祖先根本就没有一位了解咱们的历法，何时延后，何时提前，他哪儿会知道呢？所以，我是想造一条大船，祭祀飞鱼神祇的船，而且夏曼 · 蓝波安对于传统的工作很有兴趣，让我们三兄弟，在我们的残年岁月里教育他吧！"

伯父和父亲也有同感，因没有祭祀的船，他们是没有十足的权威发言的，虽然是长老，但劳动力业已衰减。

伯父内心激动地说："我有两个儿子，命算是好的，但兄弟俩没有孩子，我就没有孙子，没有足够的权威要求村里的人听我的话，这点你们是知道的，你们的决定就是我们的意思。"

父亲接着说："我只要 Pinonongnongan[2]，就是我们三兄弟，大哥不良于行，不能出海，可是还有两个侄子可劳动，苦再多也认了，非得造祭祀的船。但如果是四人八桨、五人十桨，我

---

1. 雅美式的测量法，Arangan 指大拇指与中指撑开的距离，apat 是数字四，意指四回长，大约六十公分。

2. 雅美船分为好几种，Pinonongnongan 是六桨三人划的中型船。

绝不参加。”除了我父亲三兄弟外，其他直系的几位亲戚，都因水芋田的财产相互争夺，形同路人，无法共造一舟。

叔父深深地吸了一口气，因为堂舅公说过，要放弃大伯父和父亲，不让他们参与造舟。大伯是年岁大得不适生产，家父脾气刚直得令他受不了。堂兄弟之间确因争夺水源有过节，可是在飞鱼汛期，彼此不可争吵，这是族人的最大禁忌。

接着叔父回答两位兄长说："关于造大船，夏曼・蓝波安去年即曾央求我的，但季节、时间不适，有悖禁忌，所以没有回答孙子的父亲的要求。于是在我内心里，就一直存着造大船的信念，并且他是如此热衷于咱们的传统工作、文化，而家族的一些事情，可由夏曼承担；而我的儿子，个个都把面孔朝向台湾（汉化很深的意思），藐视祖先传下的所有习俗，他们不曾对自己文化的式微有一丝的危机感；只要有夏曼跟我上山伐木，再累也值得。所以，我赞同二哥的意思，造六桨三人的中型船。"

坐在旁边的我，听了内心里是骄傲加万分的高兴，被汉化的污名，今夜在父亲三兄弟眼中霎时被铲除得无影了。我深深地体会到老人们对六十、七十年代出生的新生代（或云新雅美人）那不可言喻的失望的痛苦。那无言的泪水、被人视为一文不值的传说故事、雅美人的历史，那无任何代价的一生的劳动，仅仅是要让土地呼吸，要让自己活得有尊严，那份坚守禁忌行为之精神，仅仅是在证明自己是雅美文化的继承人，传授祖先在这个岛上生存的生活经验。当父亲三兄弟沉默不语的片刻，在微明的月亮下观察他们的眼神、面孔的皱纹、厚实的手掌，系在腰间的已呈褐黑色的丁字裤，他们身躯的内在外在无一不令我肃然起敬。

他们的内敛、不骄傲、沉静全是受制于岛上的环境。于是我忽然自己反省，我为他们做的事太少了，应该原始记录上山工作的一切经过；不仅如此，更应追溯长辈们在如此遽变的社会里，其内心世界的思想，他们对某事件的批判、看法……

伯父已经八十岁了，牙齿没剩几颗，嚼着槟榔是那么地费力，但是，究竟是什么潜在力量驱策他造舟？父亲也七十七岁了，叔父也有七十的年龄，造大船是为了呼唤、祭祀飞鱼神灵？不举行飞鱼招鱼祭典，对他们有什么样的影响呢？我不停地思索，想要理清什么似的。黑色翅膀的飞鱼、传说中的那位跟飞鱼沟通的老人、大船的意义、小船的价值，还有无时无刻不听海涛声的雅美人，还有那不可被主宰的海洋，就像沸腾的水在脑海里燃烧着我的思维。

大船的影子诚如挥之不去的骄傲躯壳，此刻浮现在我激荡的心中，父亲们永不疲惫的心志，胳膊之力道萌芽在承继传统工作的毅力中。这几天就要上山砍伐造舟的材料，也许就是父亲们不断辛勤的劳动刺激我的创作吧。到目前为止，我的创作没有多少，更没有震撼台湾文坛的小说，我没有一丝的骄气斗胆称呼自己是作家，但我有万丈的勇气和信心传播我们岛上的族人所发生的一切故事。这正是我要努力的方向，而参与传统的工作，没有货币代价的劳动也正是我极力摸索的题材。

诚如伯父所言，当你越是潜水射鱼的高手时，你的渔获就会越少，因你会选择你要的鱼而不是滥射。当你越是了解老人们的固执时，你就越是敬畏大自然的一切神灵，你就有义务为山林的树木祈福。你念的书是汉人写给你们的，你写的书是岛上的一切赠予你的，你也提供了祖先的生活智慧给后代的雅美人。所有的劳动的价值是为自己求生存而劳动的人，方是你要尊敬的人，更是你创作的泉源。

月悬挂在族人幻想的宇宙间，我的父亲们不曾企图用文字记载族人的历史，他们只有在脑海里雕刻所见所闻的事物。他们都是七旬以上的老人，但他们的思路清晰得令我心服口服。我唯一的途径就是努力地创作，才能记录有海洋气味的作品，我如是勉励自己。

海洋朝圣者

走向我的海洋，

我的海洋使我茁壮、

体会到达悟男人的气魄，

就像我的祖先一样，

不曾屈服于海的威胁。

李旭彬 / 摄

1990年9月某日（归乡一年后）

父亲是位非常传统的人，我的意思是说，他对于我们岛上的生物生态、文化生态的认知是直接承继祖先在岛上千年来累积的生存知识与经验。所以雅美勇士在他眼中的标准是，会造舟建屋、捕飞鱼、钓鳍鱼、善于说故事、吟诵诗歌……甚至是无所不能的。由于返乡定居才一年多，这些传统的生产技能，包括自己的语言,我真的已彻底退化。毕竟在外求学谋生达十六年，不退化是不可能的。我是父亲的独子，在这样的情况下，父亲想要吃新鲜鱼非得靠自己下海潜去射鱼或张网。虽然他已是七十四岁的高龄了，潜水的意志仍旧十分强烈，而我只能眼睁睁地看着他枯瘦的身影消失在波谷下的海洋世界中。

依父亲的年岁而退化的技能与体能，只足够我们一家四大口、两小口一顿地瓜食用。但这一餐，在我面前是何等地骄傲，何等地高兴。因为像他这样岁数的族人，有体力与胆识再潜水张网、射鱼是绝对没有的。并且当他描述还有几尾大鱼没捞上来而感到岁月不饶人的残酷时，父亲只露出些微的一丝遗憾，此凸显出我这年轻力壮的人在传统生产上的无能，并隐性表明他“读书无用论”的主观思维。这正是在刺激我,说我在外求学，是学习与自己族群生存四周一丝关联都没有的知识学问。而更深层的影射含义是——我不是生产者，而是消费者。父亲用实际的行动，体现真正的雅美男人原生的价值，在我眼前严肃地表现劳动者才有新鲜鱼，才有尊严，才有自信；粉碎我在外念书学的一切。于是我开始逃避他的视线，理性地婉拒吃他捉的鱼、泽蟹等。

有天父亲说道："夏曼，你去钓鱼罢，孙子需要吃新鲜鱼，那个奶粉喝下去不会让人健壮。"

我钓了一些不起眼的小鱼，钓了一些让孩子取笑父亲的小鱼，钓了一些无法提升自己社会地位的小鱼。我很难过，被邻居视为"次等男人"，于是在岸边放弃钓鱼。

虽然我了解自己的肺活量很好，而且返乡后也都存有潜水射鱼的欲望，可是有谁愿意传授我潜水射鱼的技巧呢？教育我分辨栖息的鱼类和浮游的鱼类呢？想着在这小岛上，凡事皆要靠自己，用经验累积潜水射鱼的技能。在这小岛上，处处都以"经验法则"为首之教育（传统），这个阶段唯有挫折与失败淤塞在心中，用此元素来激发自己，消灭"次等男人"这一不名誉的头衔。

9月、10月的兰屿，碧海连天，风平浪静的日子多，湛蓝诱人的波浪就在脚踝前不远的地方，不想游泳也很难。我在家的屋顶望着无垠的海洋，也许海神在笑我是一个残废的雅美男人。当一组又一组的捕鱼队把新鲜鱼摊在他们前院平均分配时，我像是早年失怙失恃的孤儿，瑟缩在一隅，咽下求生意志、生产技能退化的恶果之苦水。

晚间射鱼可避他人的视线，借此时段来训练自己的潜水体能、胆识及射鱼的经验，培养与海洋的情感，我这样想着。可是，当我拿着防水手电筒、鱼枪准备夜潜时，黑漆阴深的海犹如恶魔伸舌舔食食物的怪样。从小父亲口述予我的那些张牙舞爪的鬼模样，即刻浮现在没胆识的脑海纹路中。我于是恐惧了起来，我安慰自己说："祖灵还不习惯我的体味，不要贸然夜潜。"在回家途中，只得默认父亲对母亲所说的话，他说："孙子的父亲，其求生的斗志很薄弱，他退化太多了。"

"那是理所当然的。"母亲很肯定地回道。

1990 年 11 月

这个月，父亲的堂弟从台湾回来，他最喜欢晚上潜水，他也是捉龙虾的高手，只大我五岁。我想机会来了，在夜间可以和他一同潜水射鱼。心里燃起了希望的火苗，果然，第二天他就邀我和他一起夜潜。

他说："晚上潜水需要的是体力，因常逆流泅泳。"我想，这一年来我的体力是足够的，因为自己盖房子，所有的砂石全是自己一个人搬运的。

他接着又说："夜潜最重要的是要有胆识；其次，不要胡思乱想，尤其别想鲨鱼獠牙的可怖。"说了许多如何克服心理障碍的话。我毕竟是海洋的孩子，很快地在一星期之内便适应过来了。耳膜、鼻孔的疼痛全消了。我心里想，我已经不是父亲眼中的消费者了，至少消除了他对我的偏见，脱离了说我"退化”的咒语。

有一天，天气晴朗，风浪平静，叔叔、表哥和我三人驾着机动船到小兰屿捉龙虾、射鱼。表哥在船上顾船，只有叔叔与我两人下海射鱼，而小兰屿四周都有激流，岛上也没有灯火人家作为我们夜潜的指标。因而对我这个新手来说，心里不萌生恐惧是很难的。小兰屿在夜里，乍看之下的黑影真像一尊冰冷巨岩，屹立不摇；在我们族人的观念里，夜里的小兰屿是四面八方的不同族群的恶灵集会的岛屿。想到父亲曾告诉我的话，他说：“你是新鲜人（按雅美语的意思是，小兰屿的鬼还不认识你的灵魂），所以在那儿捉鱼，千万别东看西指、狂笑尖叫的，否则那儿的恶灵会讨厌你的光临，千万要记牢这一点。”在惨云秋夜之际，除了一些星星外，真是阴魂怪气充斥，仿佛我四周都有小恶灵陪伴似的。传说故事听多了，还真的不好，除了胡思乱想外，好像真有恶灵的影子在眼前徘徊，于是怕了起来。因我在小学四年级的时候，曾目睹过鬼的影子。

这回是我第二次来小兰屿夜潜，但这回不一样，只有叔叔和我两个人而已。两个防水手电筒在深幽的大海里胡乱照明，像是两道小男孩的尿，不规则地扫射。

叔叔祈福道：“不要惊讶我们手里的灯光，这个玩意儿是异族（指汉人）送给我们的，祈求善良的祖灵护佑你们的后裔。”

我的叔叔是不信异教的（如佛教、天主教、基督教等），只信仰大海的海神。

他又说：“尊重这儿的神祇，是雅美男士应有的信仰，如此地敬仰海神，才会平安。”我听了之后，觉得很有道理，于是也为自己的生命安危祈福。这是我头一次面对夜里的海洋虔诚地祈祷。我说："我赖以维生的大海，我愿做你勇敢的孩子，依偎在你的胸膛。"

如此祈祷，我心里平安很多，并且恐惧也一扫而空，不多的工夫，我们就捉了二十几只龙虾，大鲸鹦嘴鱼也有七八尾，每尾少说也有十斤以上的重量。我很兴奋，大鲸鹦嘴鱼白天的敏捷矫健，在夜里完全消失了，任凭我宰制。

当我们游到凸出于小岛的岩礁区时，海流变得非常强劲，我们已经无法逆流泅泳冲过去，但用电筒照亮岩石缝里——哇！一尾又一尾的大鱼在沉睡，个个像是死靶一样，然而要潜水下去射，非常困难。虽然大鱼在自己正下方，两三公尺深的岩缝里，但一潜下去，我已经被海流漂到十公尺外的地方。这时，想到了村里的长辈们经常谈论到关于急流及其浮游的鱼是如何如何多的时候，表示恶灵在诱你入罟，要取你性命的。但叔叔就像海里的孩子，一个又一个龙虾、一尾又一尾的大鱼装入网袋。在他认为尾数足够时（而我已经非常疲惫，逆流陪他游），他说："现在正是退潮时段，而且我们又在凸出的岩礁区，所以海流特别强，今夜我们收获丰富，没捉到的下回再来捉。"我听了很高兴，正合我意。接着，叔叔在折返途中，嘴贴在我耳边轻声地说："那些没捉到的鱼、龙虾是留给看不到面孔的灵魂（指鬼）吃的。"

在他水镜里的双眼是那样地严肃，好像那些食物真的是留给小兰屿的鬼吃的，原来已抛在脑后的恐惧，这回又重新浮现在我的脑中。家里有嗷嗷待哺的孩子，我的恐惧会带鬼的阴魂回家。

想要驱散心中的阴气，在我们上了机动船后，我抽出了随身携带的护身匕首，在自己的头顶比个驱除恶灵的动作，如此才安心地回航。

彼时，我既难过又很坚强地祈祷说：“从我身体内降临人间的新生命，我短暂地离开你的灵魂，我是要证明你有个会潜水射鱼的父亲；就像你的祖父用鱼汤把我抚养长大一样的价值。”

“今夜的收获很丰富，我们回航吧，而且你们的小孩还很小，他们需要父亲的拥抱。”叔叔说。

当我高兴地带着雅美男人骄傲的心及颇丰的渔获回家的时候，家里集满了人，有大伯、叔叔、婶婶们，神情是那样地不愉快。在我尚未把鱼放下来展示我的收获时，大伯便很愤怒地说：“孙子（指我的小孩）未满一岁，你就离开她去小兰屿捉鱼。鱼重要抑或孙子的灵魂重要？你要知道，小兰屿是恶灵居住的岛屿，而且又是黑夜。”

父亲接着又说：“你还没有应变急流的体能及经验，孙子需要你庇佑她的灵魂；难道你被‘汉化’就不愿接受我们传统的信仰和教育？”

好多好多的话在教训我，而我像是被电击似的动也不动枯站在长辈们的面前。这时，母亲手握着一束野芦苇，在我的头顶、全身画来又画去，驱除恶灵，并且口中念念有词。我的心淌着泪水，厌恶长辈们之迷信及怕鬼的信仰，但是不敢回顶一句。幸好叔叔替我和表哥解围，所有的罪恶、责备他全担，此才化解我心里的不安，而原来想孝敬父母的大鱼和龙虾，全被他们拒绝而不得不全数卖给做生意的汉人。

这一夜，我一直思考着长辈们的话，在他们的观念里，小兰屿是阴气很深的、数不清的恶魔居住的岛屿。原来刚为人之父的我，是绝对不能去那儿捉鱼的。我有许多的价值观和父母亲的想法是冲突的。种种的思维差异使我被批评为：严重丧失人类（指雅美族人）原始信仰的气质，是“求生技艺退休的雅美族人”。而他们的理由是：我在台湾住得太久(汉语的意思是，虚度光阴)，在我当时的年龄正是承继传统文化、劳动生产的黄金岁月。在此盛年岁月我离开了母体文化的熏陶、母体的教育等。这些主观的批判，我虽然耿耿于怀，甚至不苟同长辈们的“恶灵信仰”（一有不如意全推卸到恶灵的惩戒上）主导其所有的价值判断。然而，这几年，当我把自己融化到传统生计行为之母体血液中后，我渐渐地认同族人（或初民民族）的原始信仰了。

1990年12月

海天一色，天空一片乌云也没有。平如湖泊的波浪犹如孩子的笑靥那样甜美。在冬季,如此艳阳高照的好天气是不多见的，在我们的岛屿，这样的天气不出海船钓、潜水射鱼、张网捕鱼的男人，往往被雅美的妇女视为“海洋的弃婴”。很荣幸的是，那天被朋友邀去小兰屿射鱼，并且与五位潜水射鱼的高手一同出海，包括一位姓李的表哥。我的外表虽然高兴，但骨子里却是非常苦恼，因为射的鱼绝对比他们少很多。

在开往小兰屿途中，一位长者揶揄地对我说：“夏曼，在小兰屿不要乱射鱼，一定要选择比较精明矫健的男人鱼及优等的女人鱼（如鹦嘴鱼、黑毛、短鲈、胡椒鲷、浪人鲹……），才算是真正拿鱼枪维生的男人，这也是村里老人们来这儿射鱼的一贯原则。”

关于这番话，我是早有所闻，可是要如何去射那些被族人视为矫健敏捷、优等的鱼呢？我很纳闷地问自己，更为苦恼的是，懊悔与这几位高手同舟，因为同舟捕获的鱼在我们的习俗是平均分配，不论你射的鱼是多是少。而我是生手，惭愧共享他们多年来累积经验的成果，自惭逊色太多。当我们抵达小兰屿时，已有好几艘机动船在那儿，唯恐好的渔场被他人捷足先登，我们立刻潜水射鱼。我毕竟是没有经验的人，射的鱼没有几尾是令人满意的，甭谈被他们夸奖。虽然同舟的人不评论我射的鱼是次等的，但从他们射的鱼量以及侃侃而谈、面带骄傲地交换意见之情形，自惭形秽的我，像是被人彻底羞辱般无地自容，甚至企图凿洞遁逃。幸好表哥了解生手射不到高级鱼类的苦楚，他安慰我说：“潜水射鱼的男人要累积被鱼欺骗的次数，这次数就是经验。因为海底是鱼类的世界，我们只是偶然来取它们性命的怪物，你追鱼，鱼当然要游走保命，于是你就射不到聪明的大鱼。我们除了要靠经验及体力外，也要用一点智慧去了解各种鱼类的习性，如此你才会进步。”

原来雅美人的习惯，是不在海中就地传授经验的，只有在休息的空当就你的缺点提供意见。因为射鱼没有绝对的公式，也没有绝对的把握。

过了一些时间，表哥开我的玩笑说：“你在台湾接受汉人教育，汉人老师没教你射鱼的技巧与学问吗？”

“当然没有，汉人很怕海流，讨厌海。”我笑着说。

表哥又说：“现在的鱼比三四年前少太多了，我们潜水射鱼，一天的收获也只不过是一百条多一些，而台湾、绿岛来的船用炸药炸，一次就有千条以上的渔获，而且只花几分钟的时间，就等于我们一年的累积鱼量，真是可恶到了极点。”他的口气忽然转为悲痛，痛恨台湾来的炸鱼船队。

除了炸鱼船队外，志航基地的空军也把小兰屿炸得遍体鳞伤、千疮百孔，陆地的、海底的无一幸免。尚未引爆的炸弹在小兰屿四周随处可见。难怪这位表哥感叹：“我们雅美人真的是被彻底羞辱，叫我们如何热爱‘中华民国’呢？”

彼时好多的“怨”涌上心头，像是一波又一波的海浪在脑海里不停地宣泄，而暂时忘掉射不到高等鱼的痛苦。民族的不平等待遇要比射不到鱼的悲痛多亿万亿万倍以上。

海开始退潮了，我们第二趟下海。用水镜往下一看，哇！不得了，有十多尾长约一公尺的 Awo（短鲟鱼），但这些鱼下方的海底（深度约七八公尺）也有五条比短鲟鱼大一倍以上的鲨鱼。我们在海面任凭海流漂，远离鲨鱼。几分钟之后，鲨鱼游走了，而 Awo 仍旧在我们的下方悠然自在地游而不畏惧我们的鱼枪。于是我立刻潜下去，在离它们一公尺左右的距离，它们是动也不动地任我选择。我认为，我的鱼枪不是很结实，不射最大尾，射中型的比较有把握。按下枪的开关，“咻”地的一声射中鱼的脊骨，短鲟鱼动也不动地浮在海中，因此我很轻松地把鱼拿上来，并很骄傲地递给在船上的船主。

他错愕地说：“夏曼，是你射的鱼吗？”

“当然是我。”我说。

他竖起大拇指又说：“你是今天的冠军。”

“哈哈……”生手的自卑此刻逝去了，我想。

当我再次游去射鱼时，几位射鱼高手的鱼枪并没射中大鱼。表哥和我游向外海继续寻找优等的鱼，我们潜了两三次后，海流逐渐强劲，可是表哥无惧强劲的海流，继续潜水射鱼。这时船已经往更外海去船钓，于是我唯一的希望就是在表哥的旁边。

“表哥，怎么办，海流如此强劲，我们如何游回岸边？”我乞求地问，因为未曾遇过如此强劲的海流而害怕了起来。

“不用怕，有我在啦！”表哥若无其事地回道。

为了放轻松，我也潜下去射鱼。但这一潜下去不得了，深度只有五公尺左右，但当我潜到海底时，我已经被海流漂到三十公尺远的地方，只好游到表哥旁边，我也越来越紧张。

“我们怎么办，表哥？”一波又一波的宣泄的浪花阻挡我们的沟通，但我听得到他说话。

“不要让自己紧张，我最怕像你这种‘菜鸟’潜水夫。”这句话重重地刺伤了我，但这个时候的海流犹如台风时豪雨汇成的河流那样强劲，并且一直把我们漂到小兰屿东方的海域，而波峰的高度至少也有三公尺高。在这种情形下，我们像是漂流的原木，任海流宰制而失去了与骇浪搏斗的力气。

“喂，表哥，我现在呼吸相当困难，很喘很喘，快要停止呼吸了，怎么办？”其实当我说这句话时，已经非常难过地在流泪。

“不要让自己紧张，你吸一口长长的气缓和你的紧张。”这时表哥依然潜下去射鱼，由于海面浪花不断地宣泄，所以很混浊，更恐怖的是看不到他在何方浮出海面。这个时候，唯有自救，于是把腰间的四个铅块丢弃于海底，使潜水衣成为救生衣任凭海流漂。就在这个时候，我仿佛听到渔船的马达声，想着，安慰自己：有救了。

看看小兰屿的岸边，大约只有三十公尺远的距离，距离虽短，但绝对无法游过去。再看看海底，混浊得什么鬼东西也看不见。激流形成的波浪，一波又一波，宣泄的浪涛像是孤魂野鬼之舌舔噬着我。彼时，我承认输了，向海流投降。因此高举我的鱼枪，希望渔船上的人能看到我在求救，并高喊："喂……"

"你在喊救命？干 ××，他 × 的，你家有养猪吗？你家财产丰富吗？你有芋头田、金箔片赔给他们吗？他 × 的，有表哥在你怕什么，再忍耐些，因为我们的东方也有一道强劲的海流，当两边的海流相会时，除了波浪外就没海流了，那时我们即可游回岸边，懂吗？"表哥怒气冲冲地，甚至想用枪柄敲我的头，而我像是被诅咒的精灵般可怜。经他这么一说，我便轻松多了，双腿也开始不酸疼，可自在地游。这时海流亦不如先前那样强势急湍。

表哥虽然只大我两岁，可是当我在台北求学时，他已开始潜水射鱼，接受长辈们观测天候的知识，更专心于吸收有关海流流向的经验，尤其是小兰屿潮水的变化。

当我们上了船，我的网袋一条鱼也没有。表哥半开玩笑半数落我说："他 × 的，小兰屿的祖灵用海流来迎接我们刚从台湾回乡定居的夏曼·蓝波安兄弟，实在太不够意思了，但射鱼的男人不经海流的考验，怎么会进步？对不对？表弟。”由于我的心脏仍在加速地跳动，没心情回答他的话。

船慢慢离开了激湍的海流，我的双眼一直盯着两道急流汇合后的可怖浪涛。想着，人类的体能是绝对无法征服海流的。

父亲曾经说过：“孩子，你要养成爱慕海洋的性格，因为海洋的关系，才有我们这个民族。”是的，我们不得不去养成爱海的性格，每天放眼一望都是海的世界，海里蕴藏很丰富的食物，它是雅美人所赖以维生的宝库。但没有相当的体能、技艺、经验……你是绝难从海神爷爷那儿获得食物的。

在回航途中，我发誓一定要在小兰屿射一条大尾的浪人鲹献给小兰屿的祖灵，求它们庇佑我。

1991—1992 年

这一年，我在东清国小代课，算是返乡定居后的第二件差事。在学校开学前的半个月，叔叔、堂哥和我三人天天潜水射鱼。我利用这段时间去观察月亮阴阳圆缺时的潮水变化，以及夏天、冬天潮流带来的浮游生物，熟悉岛上近海的潜水环境等雅美男人应有的潜水知识。由于每天潜水，所以进步得很快；渔获比以前多，深度也比以前深，耳膜、鼻孔也不再疼痛了，并且在海中也能自动地调节体力。比较差的是，还没有胆识独自一人在大海中潜水射鱼，以及不能应对在近海射鱼时，海浪突然变大，要从何处上岸等问题。

所以在上课途中，每次都观察涨潮、退潮时海流的流向，掀起风浪时，何处的岩礁可上岸。如此一来一往，渐渐熟悉潮间带的环境，并且慢慢有了信心。在这一年的冬天某日，当我从学校下课回家途中，看到雅美岛的东南边，一边是恐怖的惊涛骇浪，一边是人见人爱的风平浪静的海域。于是停下来观察两边海域的截然不同，此时，忽然发现一个人影手持鱼枪伫立在骇浪宣泄的潮间带。我正想这个不要命的人究竟是谁，彼时已是午后4时，在一道未宣泄前的波峰，那人冲入波浪的胸膛，并消逝在一波又一波的骇浪里。我心里想，非得等着看那位不要命的小子究竟是何人。从海的表现察觉到，潮流正是由东往西流。太阳已经下海了，天空暗淡了很多，那个小子的头在波峰与波谷间忽隐忽现，像是被丢弃的漂流物。天色愈来愈暗淡，但仍不见那位不要命的小子游上岸。我又想，在如此幽暗的海底（经验告诉我）他能瞧见猎物？能不害怕？这个人真有胆识，并且已经是得了射鱼疯狂症。然而，不久的光景，这小子已经被海流漂到平静的海域。

当这家伙游回岸上时，我一看，原来是我的表哥老李（在小兰屿和我一同被海流冲走的亲戚）。我一看他的网袋，竟是装满了 Minava Woyo（六棘鼻鱼，逆流觅食浮游生物的鱼类，在冬天，只在海流急湍的海域活动）的鱼类，个个都是手臂长的大鱼。

“表哥，你好，我还以为是谁不要命呢！原来是你啊。”我说。

他频频微笑地说：“这种鱼，只有在强劲的海流区才会出现。”又说：“这儿的海域，在上弦月涨潮期间之流向，是由东往西，下弦月时，是由西向东，老弟你要射鱼，先要搞清楚月亮与潮水的关系，不过一定要自己去尝试，才能累积经验，才能领悟出潜水射鱼的男人之桀骜。”好深的经验哲理。也许，只有经常被海流折磨的雅美勇士，经常孤独地在波谷下射鱼维生的人，才能融化在海洋的感情世界里。可是，有多少人能累积如此的生活经验？有多少人能明白潜水夫在海底与压力、潮流搏斗的苦楚？

老李接着又说，而他的双眼像是有海神的灵魂：“要射这种六棘鼻鱼，必须潜到海底，它会好奇地游到你射程的距离，至于要射到大尾的，那要看你憋气多久的真功夫。”我于是牢牢地记住他这一番话。

每逢星期六、星期日的傍晚，我便开始一个人去尝试孤独潜水的乐趣，专门去射六棘鼻鱼，去体会潜水射鱼属于勇者的桀骜。经过一个月的时间，我发现我愈来愈厉害，经验愈来愈丰富，一条又一条的六棘鼻鱼悬挂在晒鱼干的架子上，邻居们惊讶的眼神慢慢转成羡慕，从羡慕中肯定我这方面的能力。因为有这样之技能，我渐渐地被族人接纳，渐渐地脱离“退化的雅美男人”之污名。我的妻子、父母亲也因我射鱼之关系拉近了彼此间之感情。每天清晨，父亲带着骄傲的笑容晒鱼干，别人羡慕的眼神转化成父母亲虔诚的容颜，昔日苦无新鲜鱼吃的穷景，如今全都逝去了。

1992 年 11 月之后（生存斗志的再生）

这一年，我又换了工作，到兰屿国中教书，这是回乡后的第三件差事。叔叔和堂哥因为需要钱生活，因此都去了台湾，而我变成了孤独的潜水夫。11月之后，我的情绪开始激昂起来，因为秋去冬来的节令，是六棘鼻鱼出没的时候。尤其寒流来袭，我的情绪显得更为兴奋，也许只有礁岩缝里寄生的、艳丽的热带鱼才了解我亢奋的胸膛。

每星期二的下午，我没有课，所以经常偷偷溜出学校去海里射鱼。由于缺席太频繁，代理校长怀疑我说："每星期二的下午，在学校都看不到你的影子，你是溜去哪儿喝酒了，老哥？"我咧嘴露齿地回道："我都待在电脑教室专心地打电脑啊！"

"别装了，老哥。你是去打电脑还是去潜水射鱼？说吧，反正你没有考绩，只要让我知道你的去处。"

"去射鱼啦，不潜水就无法体验到族人与鱼之亲密关系孕育出的海洋文化，我是用这样的经验诠释给我们子弟，让他们明了族人在海洋世界里的文化内容。"

"没错，不过，这不是我们的子弟在台湾冷漠的社会里谋生的知识。"

的确，潜水射鱼绝对不是我雅美子弟在未来社会里应用的、基础的谋生知识或技能。然而，我原始的目的，在于让学生明白他们的父亲为其捉鱼而劳动之原始价值，让他们在成长的过程中，在脑海纹路贮存他们长大后应有的与大自然抗争、求生存的斗志；甚至企图延续在他们心中加速退化的族群意识。用我的经验增添课堂里的教育材料，在他们没有强烈求知欲望的当下，注入一道可以起死回生的诱饵。在唯汉独尊、一言堂的教育体制下输送一股有鱼腥味的原料。提供自己在外求学的艰苦经验，灌输归乡后逐渐融化在母体文化之内的生命旅程，开拓他们的思维与反省自救的空间。

学生 A 问："老师，你爱在星期二的下午去射鱼，你都不管我们，是很不好的老师呢！"

"好不好，只有在你们长大后有辨别好坏的能力时，才有答案。"

学生 B 问："你不潜水射鱼不行吗，老师？"

"不是不行，只是当我去射鱼的时候，非常地快乐。老师的父母比我更快乐，因为他们有新鲜鱼吃。"

学生 C 问："你很臭屁，老师，每次都说你射多大的鱼，何时证明给我们看呢？"

元旦的假期，我带学生去海边烤肉，并命令男同学必须携带水镜，让他们实地见证我的能力及消除"臭屁"的污名，并利用这样的机会传授传统生计的课程，取得学生的信任与尊重。在下海之前，我叫男生站在礁石上，开始做室外的教学。眼前的大海是我的黑板、我的教材、我的挚友。首先教给他们的是，如何喜爱海洋，如何观测海水的潮汐与月亮圆缺的基本常识。其次是，如何潜水憋气，如何调节体力，如何区分男人鱼、女人鱼、老人鱼以及敏捷的、笨拙的鱼类……而在旁的女同学，除了聆听属于男人的"海洋故事"外，她们的专心胜过室内教学千倍以上。我做这室外的教学，是传递与我们生活环境直接关系的、课本学习不到的知识，冀望他们在这样的生活背景下好好用功念书，做个踏实诚恳的雅美人。再者，是企图营造自信再生的泉源。

"老师，会很冷呢，被风吹。"男生 A 说。

"冬天裸上身被风吹，当然会觉得冷。"我说，"不过，青春期的男人没有‘冷’的字，你这样叫‘冷’，如何娶妻养家呢？”哈……哈……耶……

我接着又说：“女生给我听着，你们长大成熟后，不要嫁给喊‘冷’的邱同学。”哈哈哈……耶……

邱姓同学立刻接腔说：“老师，我现在不觉得‘冷’了。”哈哈……他又引爆了一场捧腹狂笑。

“老师，所有的男生在你的领导下都绝对没有‘冷’的字眼了。”班长说。此时女生显得温柔大方又可爱。

“跟老师游泳的时候，如果无法承受海水水温的同学可自行游回岸上（离岸边约摸一百公尺）。”

一小时之后，十七位男生中继续尾随我的只剩八位了。我继续往外海、更深的海域游，深度已经是十公尺以下的岩礁区。这个时候，我在这几位学生的水镜中展现了水底的功夫。

潜到海底停留十秒左右，专射漂亮的鹦嘴鱼（女人鱼）和敏捷矫健的圆梅鲷（俗称黄尾冬）。一次又一次的献艺，渔获近二十尾后，即游回岸上。在我身后的学生，口中一直称赞我：“老师很厉害。在海底‘呼吸’那么久。不射笨的鱼……”好多的夸奖不绝于耳。

然而学生的夸奖绝对不会让我引以为傲，因为他们的年龄说出的语意，不足以累积我在族人中的声誉；而我原始的目的，在于表现会教书的雅美人，也要学会族人部分的生产技能。在双向并行的同时，能够影响学生发展正确的人生观，削弱不会念书的自卑感，从而取得他们的信任与尊重。

自此，每当我的学生利用假日去张网捕鱼的时候，他们开始主动地问我有关海水、潮汐、鱼类的名称等知识。他们利用在海里捉鱼的小小经验，拉近师生之间的亲密关系，缩小两代人代沟的罅缝。我于是利用海不规则的波峰与波谷的律动，比喻他们未来的生命旅程是不平坦的，用此来营造、启迪他们正确的思考空间。

1993 年 1 月

自从我的叔叔和堂哥去台湾工作之后，大约有五六个月的时间，我都是一个人去潜水射鱼，不论是暖和的冬阳，抑或阴霾的寒流天候都要去。尤其越寒冷，我越喜欢孤独地享受潜水的甘苦，这成了我下班后必得例行的工作。由于越来越熟悉近海的潜水海域及潮水与月亮阴晴圆缺的引力关系，而逐渐消除了心中畏惧海洋的怯懦，勇敢地接受了波峰的考验并尽情享受波谷下清新艳丽、夺目的海底世界。从此，我自诩为“海洋之子”。

当我的体力越来越好、经验越为丰富、渔获渐多的时候，我近八旬的父母亲及孩子们微胖的妈妈开始担心我风雨无阻的潜水工作。

终于，我微胖的女人说：“不要只热爱你的海洋，夏曼，拨一些时间陪孩子们，讲一些关于海的故事给他们听吧。”由于正与海洋热恋，因此不甚在意孩子们与我的关系。

有天，学校还没放学我便偷偷地溜了回家，正好被孩子的母亲瞧见我准备潜水的用具，她说：“像你这样的代课老师，每次都要提前下班去射鱼，下次有谁愿意为你到教育局关说呢？”

"别这样啦，别在我下海之前说些破坏我潜水运气的语言，麻烦你遵守男人出海前的禁忌。"我说。

天空尽是乌云，笼罩整个岛，并且不停地落着雨丝，这样的天气，海底一定是幽暗的。这正是绝佳的时间，去射六棘鼻鱼，我想。陆地上的气温很低，大约是十二三摄氏度，但水温绝对是高于此温度，我的经验说。当我抵达目的地，看着一波波的微浪，便知道海流带来很丰富的浮游生物，相对地浮游鱼群也很多。

潜下水去，透过水镜放眼一望，果然浮游鱼群很丰富，六棘鼻鱼循着它们惯有的路线逆流泅游。我慢慢潜下去，鱼群立刻远离我，待我潜到海底，附紧礁石、平衡自己后，六棘鼻鱼因好奇迅速地转头回来，游向在海底趴着等鱼的我。如手掌大小的鱼，是这一群鱼的前哨兵卒。因为是小鱼，所以我根本不射，给它们一些时间成长，而射小鱼也会坏了我的声誉。我忍耐海底压力地憋着气，等着后面尾随的大鱼，等着它们游到鱼枪的射程之内，这时前哨的那群小鱼有鲨鱼般的胆识，逍遥地在我四周来去自如，它们又像是顽皮的小孩，不时地遮掩我射鱼的视线。选准了猎物，按下开关，一公分细的弹簧钢条立刻被橡皮弹出去，彼时其中的一尾即刻放出鲜艳的血色。当鱼群惊吓地被驱散后，很快地又群聚在一块追随被我射中的鱼。在我射了第三条六棘鼻鱼而再次地潜到海底的时候，远远地看见了一尾别类科的鱼，其游姿是那样地雄壮，身躯是那样地结实，循着起伏高低的礁儿正往我这儿游过来。我想，这尾乳白色的鱼一定是 Cilat（俗称浪人鲹鱼）。部落里的前辈在谈论海底的故事时，绝对不忘谈论这种鱼类的习性及与它搏斗的故事。因此依据前辈们的经验,我吐一口气,使气成泡地慢慢地漂浮到海面,以此吸引浪人鲹鱼的好奇，诱它游到鱼枪的射程之内。果然奏效,没有半秒的时间,它立刻开始继续往我这儿游。它越游越近,我愈来愈紧张。因为浪人鲹鱼非常结实，是搏斗耐力、意志最强悍的食用鱼，不一枪射中它的要害，是绝难在短时间内降服它的。尤其是越大尾的浪人鲹，它们的斗志与耐力越是惊人。

在此之前，我曾经射中过约有五六十斤的浪人鲹，其中的一条，在我射中它之后，刹那间把我拖到海底，为了孩子们未来的岁月不能无父养育,我使尽全身的力气,握紧枪柄往海面冲。在接近海面可以吐气呼吸前的半公尺，它又使尽蛮力再把我拖下水中。我拼命地用蛙鞋与它在水中搏斗，我的气就快没了，但它依然是那么有力,企图拖走我的鱼枪。而我如果放弃鱼枪的话,可能要浪费两三个月的时间去重做鱼枪。其次是，我还想用这尾大鱼孝敬我的父母亲，孝敬我的伯伯、叔叔们，并妄想用它来累积自己在这方面的传统社会地位、声誉及抹灭“生存技能退化”的污名。我于是喝了大约两三滴口水般多的海水而后打嗝,试图借此延长呼吸。再次地用尽余气拍动蛙鞋，把浪人鲹鱼急速地拉回海面，就在此瞬间，它忌惮我而尾部用力一拍，即刻把我枪里坚硬的钢条结实地拖走。哇……我呆住了，当我浮到海面呼吸一口气时,我已全身瘫痪,头昏目眩,眼冒金星。我用缺氧的、神志不清的大脑与暗红的眼珠目送流着血、拖着钢条的大浪人鲹鱼沿着礁沟，也是非常疲惫地远走。我的痛苦像是被人用木棒敲击后脑,如柏木般地任波浪漂流。孝敬父母的心愿落了空,“生存技能退化”的说法再次明显地浮现在脑海。

有了这样的经验，为了抹灭“退化”的污名，我战战兢兢地等它游过来。它越来越逼近，我知道，我的心脏在加速跳动，我也感觉到水镜里的皮肤在流汗、握紧鱼枪的手掌在颤抖。

但浪人鲹鱼绝对不是智障的鱼类，它很精明地在我的射程之外动也不动地不再游过来，而我的气没剩多少了，但我非得吐一口气泡不可。气泡随着一上一下的潮水不规律地漂浮海面，这个方法真管用，原来与枪支成一直线的它，为了欣赏大小不等的美妙气泡，呈四十五度角游向我这儿。哇，好大的浪人鲹，我很快地过滤以前的经验，并在脑里剖析描绘它的脊骨位置。它游到我射程之内了，但看它的神情似是不畏惧我而继续游过来。

“再游近一点，我的爱人。”我在水底默念着，我的经验告诉我，当它游到我最佳的射程之内的那一刻，我绝对不能犹豫。哇，真的好大的鱼，至少有三十斤以上（用汉人的眼光估量的话），瞧它的态势像是要和我搏斗的样子。机会难逢，我想，于是很自信地瞄准它心脏上方的脊骨，按下开关，“BEK”的一声射穿了近三十公分宽的鱼身。接着我立刻游向前抱住它，不给它喘气的时间，并急速冲向海面。它的心跳和我同样因紧张而加快，当我抱紧它时可感觉到。它不断地挣扎，假使它是“人”的话，用摔跤的竞赛来比喻，我们是无法分出胜负的。我把它抱在我的胸膛，虽然距离岸边只有六七十公尺远，但游起来非常艰难，并且没有时间从铅带抽出护身的小匕首刺伤它的鳃，削弱它的体力。

“我海里的祖灵，赐我力气，让我顺利地游回陆地，否则不给你们分享鱼头的肉。”我这样祈求道（雅美人捉到大鱼时，鱼头是献给父母亲吃的，并剖一块鱼肉分享予祖灵）。

大鱼不断地在我胸膛挣扎，它顽强抵抗的蛮力一直未曾减弱，真佩服它倔强的韧性。陆地渐近了，天色也随分秒的逝去逐渐地阴暗了，而雨依然落个不停，寒风不止地掠过海平面，但这些都无法扑灭我雀跃万丈的心。

把浪人鲹鱼安放在陆地的礁岩上，细心欣赏它结实的身躯，我说："兄弟，我赢了。"我大声地呐喊。看看眼前的亲密爱人——海洋，我又说："亲爱的，我明天再来拜访你。"斯时，雅美男人最骄傲的、至尊的荣耀伴我踏上回家的路程。

父亲在灯光下，一面磨着大刀，一面不时地欣赏我射的大鱼，近八旬的他，脸上露出婴儿般的可掬笑靥；在旁的母亲，我不知道如何来形容她喜悦的心情；而我的孩子们的六个小手掌不停地抚摸仍在跳动的大鱼。但我却听不到孩子们夸奖我厉害的赞美的话，相反地，我那位喜欢顶撞我的、用左手写字的大女儿却对她的哥哥、妹妹说："爸爸很坏哦，你们看，大鱼就快要死掉了，很可怜，我不要吃爸爸射的大鱼。"

于是我的两个小鬼也跟着说："我不要吃……我不要吃……"

之后，我去邀请大伯、叔叔及亲戚们共同分享我的大鱼，我跟大伯说："大伯，我射了一条小小的鱼，麻烦你到我家走一趟。因为很小，所以我们只喝鱼汤。"（我们雅美人的习惯，当你捉到大鱼时，绝对要用"小"或其他代名词，避免夸耀，彰显谦虚。）

孩子们在吃够了鱼肉、喝足了鱼汤后，便依偎在我身旁渐次地进入了梦乡。当我的长辈们也吃饱以后，我开始从头一五一十地叙述射到大鱼的过程（雅美人通常在这个时候要练习说故事，甚至作词吟唱），亲戚们则屏住气息专心听我讲。故事说完，先由父亲回应故事的内容，他很技巧地训勉我说："我亲爱的、从我膝下出生的孩子，高兴你有这样的技能，用小鱼来孝顺即将落海的夕阳（指老人没有多少岁月在世间），不过现在的海已经不像我们年轻时代那样地清洁（意思是，不论是雅美人或汉人已经有很多的人溺死于海里，它们的恶灵杂居后，已经不遵守阴间的义气，随时随地会陷害人的），礁石的叶子愈来愈茂盛了（恶灵到处都存在的意思），往后别再独自一人去潜水，尤其是傍晚时分，那正是魔鬼的清晨，喂猪的时段，假使它们无法嗅觉出你雅美的体味（因为在台湾太久被汉化的缘故），它们会陷害你的。孩子，你可能认为我的话很荒谬，但请你一定要牢记老人的话。未来，当你是海里的勇士时，你自然会明白父亲的语言哲理。"

大伯接着说："夏曼，千万不要因为你念过汉人的书，而把我们用经验累积的智慧视为废话。汉人有他们的生活方式，我们有异于他们的习俗。你回来了，就理所当然地把自己融化到族群思维的世界里，尤其是关于海的种种，你没有充分的理由不去牢记我们教给你的知识。"在不知不觉中，我和孩子的母亲便陷入他们认知的世界里了。与其说父执辈们敬畏海洋的信仰，不如说是他们尊重大自然一切有生命的动植物的博爱精神。

我由于经常孤独地去潜水射鱼，自然比较能体验长辈们与海洋之间长年累积的神秘经验，而这神秘经验的背后正是个人用原始的体能在海中摄取食物、长久被海洋塑模的机制与原始宿命观。

当我渐渐地融化于父执辈们认知的世界观后，我发现我越来越“顽固”，越来越坦诚，越来越有雅美人依赖自然环境、不得不尊重自然界万物有灵的信仰之古典气质。

浪人鲹

Cilat（浪人鲹），

这是我在海里的最爱之一，

看它有多么雄壮！

我看过的浪人鲹比我身长，

约摸两公尺，

我无法伤它一片鱼鳞。

浪人鲹，其雅美语的名称为 Cilat。在我们兰屿较常见的鲹类有南鲹、巴布鲹、黑鲹、黄斑若鲹等，台语泛称为牛公鲹。这种鱼类在雅美人的心目中是所有鱼群中最为强悍的，最结实的。假如你是在船上拖钓或者潜水射鱼，而荣幸地钓上它的话，从那一刹那开始，它就力拼搏斗到底，直到脱钩或被你钓上船，才会终止蛮力认输。因之，对喜爱潜水射鱼的雅美男人而言，射到浪人鲹，宴请亲朋好友共享之是至尊的荣耀。

这是我在 1993 年的教师节，一个人去 Jyarayi（地名）潜水射鱼时发生的小故事。

自从我会潜水射鱼且经常独自地浮潜之后，父母亲开始担心我在海里的安危。虽然是发自内心善意的忠言，然而久而久之,他们的唠叨开始令我厌烦且萌生对海中“怪物”的恐惧意念。他们视世上一切有生命的动植物都有“灵”，而且满脑子全是些恶灵、祖灵、积灵的幻影，忠言夹着恶灵的“咒语”，个人（或部落）的工作或祭典等如有不顺利，全归咎于恶灵咒法、冥界的惩戒。因之，当我要潜水射鱼找不到同伴的时候，我会尽量远离父母亲的视野，怕他们阻止我。我的行为虽然如此，但与父母亲相处久了之后,我也慢慢地接受了他们（族老）的泛灵信仰，敬畏所有物种的灵魂。于是我从原来的无神论者逐渐成了多神论的教徒。越来越“迷信”了。

这一天，Jyarayi 大约是三到四级的浪，而西边是六到七级的骇浪，此地在兰屿的东南方。相对地，在岛上的西北方也是如此，一边是平静的，一边是汹涌的浪。下海之前，因自己已经很“迷信”，所以还做了乞吁祖灵、上帝的祷告。

沿着礁沟慢慢潜，调节呼吸及让耳膜渐进地适应水底的压力，水面看来很混浊，水母在水中不停地变换形体来摄汲微生物。而千万尾以上的鲱鱼群，如婴孩食指般大，忽东忽西、忽上忽下动作一致地不晓得在追逐什么。当它们闪过我眼前，什么也看不清，只有它们银白透明的小小躯体。当较大的鱼——如尖嘴鱼出现追逐它们时，整个鱼群合作无间地跃出水面，数秒间又潜入水中。虽不壮观，但井然有序，在入水的瞬间不免有牺牲的鲱鱼，可是它们依然集结在一起，而我在它们旁边真像怪物。“弱肉强食”的残酷事实发生在我眼前，而我持着鱼枪射鱼，当然也同样是“蚕食弱者”的杀戮行为。但我的行为是单纯的，利用人原始之狩猎本能，并借此技艺提升个人在这方面的社会地位。我唾弃“被汉化的雅美人”之污名。

我缓慢地潜入海里，黄尾、红尾冬鱼鲜艳的色彩犹如被暴风吹散般远离我。待我潜入水底礁岩，它们又像被旋涡之引力吸收过来，盘游在我的四周。假如它们是食人鱼的话，也许在一分钟之内我的身体就会被撕裂吃光。冬鱼的数量之多，让我无法选定猎物，如果是一尾一尾地游过来的话，我绝对有把握射中一尾。但它们是集体冲着我，与鱼枪成一直线，所以很难射中。最后我只好放弃射黄尾冬鱼（在台湾的鱼市场出售大量的红尾、黄尾冬鱼，那绝对是渔船炸鱼所获的）。

这个地方四周是隆起的礁石平台，中间是凹陷的，其中心点耸立着礁石，礁石间的缝隙正是鱼群出没之处。圆周直径约摸五十公尺，平台自海面的深度在七公尺左右，凹地有十二三公尺。远远地，我看到了十多尾大小不等的紫头鹦嘴鱼。我潜下水躲到海沟里等它们游过来。没几秒钟，我感到吸的氧气不足便浮上海面。我慢慢地调整呼吸的频率，而后再潜入海底。黄尾冬鱼一如先前那样多，在我四周忽东忽西地游玩，但我的目标是鹦哥鱼。它们神情看来似是好奇又害怕我的鱼枪。时间一秒一秒地过去，我忍着憋气及水底的压力，一分钟之后，我已憋得十分难受，可是鹦哥鱼仍然在鱼枪射程之距离外。我又浮出海面换气，调节心脏的跳动。十秒钟之后再潜入水底，黄尾冬鱼、蝶鱼、胡椒鱼等各种五颜六色的鱼不停地在我的枪头徘徊。也许这些鱼明白我的心事（不射它们），所以贴着我的枪身，而我的猎物鹦哥鱼就是不靠近我。

就在此刻，“咯……克”的声音仿佛来自海底的某个洞穴，刹那间，在我眼前的鱼突然消失得无踪影，就连大尾的鹦哥鱼也不见了。这是怎么一回事？在海沟吃海藻的小小的鱼也躲进洞穴里了，好像即将发生大战斗似的。而我依然趴在原地观察身边的动静。彼时，我的第六感并未使我产生恐惧，所以应该不会有怪物出现的。可是在五六秒间其他鱼类仍然不出现在我的眼前，我仰头往海面看，也不见什么怪物。

当我把头收回来时，在二十公尺远处浮现了全白的大鱼，我立刻辨识此不是鲨鱼。它正朝我这儿若无其事地游过来，但还认不清是什么鱼。我动也不动地趴在礁石上，忽东忽西的水流弄得发丝如藻类一般。全白的大鱼不改变它的航道缓缓地游过来。我左手抓紧礁石，枪之尖头对准大鱼的眼睛，哇……鱼的眼睛与自己的拳头同等大。好雄壮的大鱼！此刻,我开始紧张了，而且在流汗，五公尺处，它依旧与枪身成直线地游来。在我的枪前半公尺，它停止不动了，并与我成直角，单眼瞧瞧我，仔细地观察我。假如此刻射它的话，绝对可射中它的要害——胸鳍之部位。而我也正在看它，它炯炯有神的眼球令我尊敬。它身长大约与我同长（一七五公分），宽约是两尺，看来真的结实，呈V字形的尾巴也有两尺宽。它只用胸鳍拍动，摆出要我和它决斗的态势。然而，我怎么敢射它呢，虽然我一直对准它的眼睛。

四周依然不见其他的鱼觅食，我的心没有伤害它的企图，它的嘴巴时张时闭，嚼着口中的食物。也许，它明白我不是它的对手，于是从容不迫地沿着原来的路离弃我，哇，真是好大的、好结实的浪人鲹鱼！想来它的年龄至少有十二岁以上。在它的尾巴即将缓缓地拍动之际，枪支顺着水流，我按下开关，鱼枪无声地射中它尾部的脊骨。不得了！它尾柄一闪，连枪把我拖至海底，我憋不住气了，而且知道枪里的钢条没射穿那如我手臂粗的尾柄，我知道我是输家，收获比自己大的鱼是不吉利的。眼前开始出现大难临头的象征（如直系血亲的亲戚中将生重病或死亡），于是我在挣扎过程中放弃了鱼枪。浮出海面之时，我眼前尽是金星。我放松四肢，取掉水镜，口里不停地含口海水，在水面浮了十五分钟后，神志慢慢地清醒了过来，但是很累很累。真想有个伴侣陪我游回岸边，我心里嘀咕着，我为什么要射它呢？

害自己丢了养家糊口的生产工具。

夕阳的余光直射天空的白云，而后反射于无垠的海面，使我仍能看清水底的鱼类。光逐秒地在减弱，也许我该回家了，我的父母亲、妻儿在家等着我，担心我的安危。远远地，我的枪柄随着波浪忽没忽现，在五十公尺的远处。我逆着波浪加快地游，发现只剩枪身，一条约一公尺半长的钢条枪心已不见了。走吧，我告诉我的灵魂说。

父母亲坐在凉亭望海，孩子们在庭院专心玩着魔术方块。我一副悲伤的神情说：“亲爱的父母亲，今天一尾渔获都没有。”

“天天都有丰富的渔获是不吉利的。”母亲慈祥地说。

父亲以前也是潜水射鱼的好手，而且是第一代使用鱼枪的人（雅美人所用的鱼枪是由绿岛人引进的）。他看着没有钢条的枪身，端详了我失望的表情说：“是什么大鱼抢走了枪的铁条，夏曼？”

“与我同样大的浪人鲹。”

“我不是说过，不要去射大尾的鱼，那种大鱼都是恶灵的鱼，孩子，下回别那么贪心。”

其实“贪心”在雅美文化中有两种寓意，一是祖灵赠予子孙的礼物来孝敬长辈，但在不久的将来有一人（指父母）会结束其阳间的旅程；另一个是，海里的恶灵用大鱼诱你天天潜水射鱼，使你在海中乐此不疲，最终死在水底。

对我而言，起初是不信他们这一套“迷信”的，认为是没有什么科学验证的谬论，并经常为此与父母亲争吵、冲突。生活在同一个屋檐下，久而久之，逐渐被他们的“迷信”影响了。

原来所谓的“迷信”是维系社会之秩序、平衡生存环境之生态、保持与自然界共存共依之亲密脐带，是教育下一代相信宇宙有“灵”的信仰。

虽然我会说三四种语言，虽然他们不知道信用卡可以买很多的东西，虽然他们不会使用遥控器开电视……但父亲在砍伐一棵建舟的材料时，他的祈福辞真如海里的浮游生物那样丰富，那样虔诚；当他在招飞鱼祭典做仪式时，父亲的神情犹如教宗主持午夜弥撒那样神圣。于是，我抛弃了曾在城市文明生活的机制，不以西洋文明之发达质疑族老们的灵观（Animism），不以一神论否定原始信仰的存在。

父亲在山里曾对我说：“我们雅美人的食库是自然界，别太相信书本（指科学），因为它是破坏自然生态的元凶。”也许吧，我想。

假如，他日我很幸运地再次遇到大尾浪人鲹的话，我依旧会用鱼枪射它，而不用炸药杀它。

飞鱼季 Arayo

冬季的海面是灰色的荒凉，

好冷好冷的感觉。

但我就深爱这样荒凉的景致，

孤独是我唯一的成就，在海里。

关晓荣／摄

▲▲▲▲

四面无壁的凉亭，是雅美人的最爱，尤其是在飞鱼季节，更显得它在族人日常生活中的重要地位。在举行第二回合招鱼祭后，各家男主人便在自宅前院立妥晒飞鱼干的井形之木桩，我家也不例外。去年，家里由于尚未建筑完成，因而整年都睡在凉亭中，风雨无阻。有天，我夜里捕完飞鱼回家后，因困倦而很快地沉睡在凉台上，但不知啥缘故，在清晨四时多一点即醒来发愣。忽然间，好像是黑色翅膀的飞鱼飘过我眼帘，刹那间我感到万分舒畅，仿佛有股无法抗拒的海风的腥味在强烈地吸引我。月亮高挂在星空，没有几片云彩，八代湾岸上的船只早已休息了，唯船身沾满了无数的飞鱼卵。

天色逐渐明亮了起来，晚睡早起的父亲端详着我捕回来的飞鱼，那一夜是我的处女航。阿爸眼看被汉化很深的儿子尚能遵循族人求生的技能，油然散发喜悦之情，母亲亦然，并且问道："孙子的父亲捕了几尾飞鱼回来？""大约近一百尾。"父亲很高兴地回道。此时，他们并没有注意到在凉台上的我。看来整个村子，全部都被飞鱼染上了喜悦与兴奋的气氛，每个男人都展现了骄傲的脸孔，就连鸡、狗、猪也跟着精神抖擞。父亲取出了银帽与金箔片，放在飞鱼的身上祈福道：

愿你们 飞鱼的子孙，
像雨滴滴满我的船身。
使我们永远结合在一起，
长寿于世。

我静静地坐在凉亭上，专注地聆听父亲祈福的词语，并深深体会到，唯有亲身力行捕捞飞鱼，方能明了飞鱼文化的特质及其对雅美人的重要性，它真的支配了族人的海洋观、价值观。由于父亲这些虔诚的祈福诗词，我忘了自己疲惫的肉躯，并走向正在杀飞鱼的父亲的身旁。

“雅玛，我要去 Mataw。”

父亲停止工作说：

“你不是要上班吗？”

“没关系，请个假即可。”我说。

“你行吗？”母亲质疑道。

“我是雅美的勇士啊，依那。”

彼时腕表已指向五时三十分了，我微胖的女人揉着惺忪的双眼接着说：

“爸、妈和我都以为你捕不到飞鱼呢！”

“什么人嘛！”我回道。

父亲拿了钓 Arayo（鬼头刀鱼）和钓飞鱼的线给我，并且说：“当你钓到飞鱼后，动作要快，立刻系在钓大鱼的钩子上，在飞鱼的腹部用绳子绑紧，才能使鱼饵不致脱钩。钓飞鱼的线大约离船身三十公尺；切记不要划得太快，因飞鱼性情温和。”

当阳光悬吊在独色恩特山顶上大约三四公尺高的时候，我在表姐夫的船的旁边，我们二人相互摇头表示自己尚无收获时，突然间，表姐夫的渔线像是小刀似地割破了他厚厚的手掌；“哔啪”地一声，Arayo终于跳出了海面，好高好高，深蓝的鳍背、浅黄的腹部，它那挣扎的姿态好雄壮，我就是要亲眼目睹这一幕，哇，真够赢，我想。“叭”地拍击了海面，溅起四散的浪花，浸湿了我通红发烫的脸。表姐夫终于钓到了Arayo，他虽是Mataw的佼佼者，但刹那间他仍旧紧张得汗流浃背。彼时，忽然想到Arayo是雄雌一同泅泳时，即刻念些祈求的诗词；新鲜人，像我，划着空船回航是我最大的耻辱。之后，我把渔线整理好，幻想Arayo吃我的鱼饵。说时迟，那时快，我的渔线逐渐被拉直。海流流过了我的船底；波波的浪花亦在四周不规则地宣泄；船承载着我追求传统之社会地位的意志，心脏开始有了不规则的跳动。“准备应战吧。”我说。“嘶……”好清脆的声音，Arayo终于吞下了我的飞鱼，在不及喝一口水的时间，它真的飞出了海面，这尾真的是我的。唉！还真他妈的很紧张！汗水开始从每根发丝流下来；远的船只越划越近，近的船在我旁边停留不动，他们都在注视着我能否把这尾Arayo弄到船里。为了让这些好奇的船队看清我是何许人，我立刻把帽子、墨镜拿掉。“啊！原来是夏曼·蓝波安，真不赖。”他们说。要他们肯定我，去除我被汉化的污名，就看这一幕了，我如是激励自己。阳光刺痛了我稍嫩的脖子，好痛，好痛。

我使劲地拉回渔线，它也使出了从小到现在的所有力气与我拼命拔河。我往海底看，湛蓝的海，一尾腹部全黄的Arayo在海中挣扎。当我用罄自小吃飞鱼的力道后，大鱼逐渐地靠近了我的船身；但是，当我要将它捞上船边时，它又浑身是劲地把渔线拉下海中。我侧着身使力，慢慢地把 Arayo 拉近船身。它筋疲力竭了，尾巴轻微地拍击海面。把它拉到船身后，我很是同情它，但为了抹除被汉化的恶名，为了提升自己的社会地位，我绝对没有理由怜悯它。Arayo 的鳃一张一合逐渐缓慢下来，我的汗也减少了流量。

想着阿爸将以最骄傲的笑容迎接我，想着儿子蓝波安用心触摸我的大鱼时，我真的不敢停止微笑。我望一望围在四周的船只，尽是顶呱呱的手势，这时可真是去除了污名。Mataw 的船队又开始分散了，各自去追踪大鱼，而我呢，一直看着 Arayo 一张一合的鳃而停止划桨。遥远的歌声穿过了耳膜，声音美妙极了，浪花的拍打声是族人最佳的和音。抑扬顿挫都是一波一波的海浪的节奏。

我划着桨哼着台湾原住民的歌，想以此再引诱 Arayo，但 Arayo 听不懂歌词的意义，结果我的第二条跑掉了，我又笑又气地划船回航了。在离岸边约摸一百多公尺时，我开始用力划桨，使海面漂起浪花，村里的族人一看便知道这条船有钓到 Arayo。这时，我又开始了第二回的兴奋。当我抵达岸边时，即有二三位老人在等我，他们的笑容就是我的骄傲。

"真的不错，新鲜人没有空船回航。"

"真高兴，你没有放弃传统的工作。"

好多出自他们肺腑之言的祝福，令我感动万分，毕竟他们的一言一语夹杂着数不清的对新生代的失望。那天傍晚，村里的、隔壁村的男人都知道我钓到了 Arayo。这就是我所要追求的，用劳动（传统工作）累积自己的社会地位，用劳动深入探讨自己文化的文明过程；与族人共存共享大自然的食物；抹除自己被汉化的污名，让被压抑的骄傲再生。

浪人鲹与两条鲨鱼

自制的鱼枪，是我在海里生产的工具，

用这支鱼枪养我的父母亲、

我的小孩、妻子，

还有爱吃鱼的很多朋友。

它是我在海里最贴心的朋友，

也是我的第二生命。

您相信这支鱼枪曾射过三十多斤的浪人鲹吗？

愁云惨雾的清晨，寒风咻咻地吹着走向渔人部落的族人的脸颊。虔诚的天主教徒迈开轻松愉快的步履，穿着传统的服饰参加教堂的落成弥撒。十坪大的教堂全是教友奉献的集资。建筑虽不宏伟美观,却得到本岛所有天主教徒的祝福与赞美。而我，确实是个无神论者、自然主义者，不信这一套。可是这两三年的时间我经常是在寂静的海底单独潜水，在陌生的、无奇不有的海底世界搜寻猎物，于是脑海里自然浮现出许多不可言喻的恐惧。当我逐渐沉浸于潜水射鱼的运动与生产时，很自然地便在每次潜水前做些属于自己的祈祷，而我祈求的对象包括上帝、耶稣、祖先、海神，等等。

落成弥撒是在去年的 11 月 25 日举行的，在弥撒期间，我做了自己这一生最虔诚的祷告，因此在弥撒结束后心里十分高兴，同时也决定下午去潜水射鱼。不过这一天我多喝了一点酒，有些头晕，因而回家睡个午觉消耗酒精，在我醒来时已是三点半了。

“孩子，你就别去射鱼了，时间已经很晚了。”父亲雕着小船说。

“我就在附近的海域潜水，我会照顾自己的。”我说。我心里明白父亲的意思，可是我已经决定非去潜水不可，否则夜晚就很难入眠。走了一段崎岖的礁岩小径，并在小坪台上休息，观察潮水。彼时腕表时针已指向四点，然而因为阴霾的天候与时大时小的雨丝的关系，竟仿佛就要入夜似的。虽然如此，我决定还是要游水，这是不可遏阻的，哪怕空手回家也好，至少我还有一定的能力，只是射的鱼是高级与低级、男人鱼与女人鱼之差异罢了。

由于天天游水射鱼，连身的潜水衣已破了好几个洞，寒冷冰凉的海水透过洞口浸湿肌肤，令我寒战不已，幸好我喜欢这种感觉。在潮间带的礁沟先找些鱼随意试枪，并调节吸气、憋气来适应水压。看来今天的潮流带来很丰富的浮游生物，因为海里十分混浊。近一星期以来，我都在吉乐朋海域潜水射鱼，成绩算来不是很好，也许这个地方的鱼已经认识我这个怪物，所以每当我潜下去、拍一两下蛙鞋之后，各种鱼类的鱼群即纷纷地往海沟深远的地方或鱼枪射程之外游走、停止。它们好像在消耗我的体力，跟我斗智。此时，我不理它们，假装趴在礁岩上动也不动像个海鳗等待自动送上门的鱼儿。如此浮、潜的动作十来回之后，网袋里便有了几尾鱼，在海水混浊的时候，底栖鱼通常是比较不敏捷的，自卫能力较弱。然而，每当我潜入水底不论是七八公尺还是十公尺以下的深度，我往往会观察身边的环境，因为在冬季潜水时常会有大尾鱼出现，如魟鱼、鲨鱼等，这都是我们潜水时所要注意的。而且在海底趴在礁岩等鱼，海鳗就在身边的洞穴里也是经常有的事。当然经常潜水是有助于清除恐惧心的，而经验也告诉我，了解当日自己的体能是保护自己的首要条件，千万不能在水底逞强。父亲也经常告诫我说："你射到一公尺长的大鱼，并不能令我高兴。”也许这是他对海底动物敬与畏的真实表现吧。

海水愈来愈混浊，天空的乌云也逐渐地弥盖整个天宇，我靠着微弱的日光在礁峰与礁谷寻找猎物。彼时手表指向 4 时 30 分左右，在我左方的礁沟出现银白色的大鱼，海底的礁石犹如陆地上的小山丘。它忽没忽现地正往我这儿游过来，在距我十公尺处，我便认出是大尾浪人鲹。这是我最喜欢的鱼，它强壮结实，是海里最有男子气魄的鱼。我抓紧鱼枪的开关，准备与它格斗。因为我知道（第六感告诉我）它绝对会从我枪下的海沟经过。

当它游经距我六公尺左右的凸出的礁石时，我立刻潜入水里，避免被它发现。在我未潜到海底时，它已经在我眼前——鱼枪的射程之内，于此瞬间我考虑射三个部位，一是它的眼睛，其次是脑部，第三是胸鳍，然而时间太快了，加上水里海流使我无法瞄准它的眼睛。我一看，它至少有四五十斤的重量。我不能三心二意，也没有那个时间去选择，我动也不动地按下开关，枪的钢条无声地穿过它的胸鳍。在那一刻我兴奋地想：晚上大伯、叔叔、父亲可有大鱼吃了。就在我的兴奋逐渐进入高潮的同时，这尾浪人鲹硬是把鱼枪从我手中拖走。这怎么办，整个枪被它拉走，怎么办？我一直在反复地想。当我浮出水面时，我开始紧张了起来，毕竟天色渐渐幽暗了。我在海面呆住，忘了去追我的鱼枪，只用水镜目送它在混浊的海里流着大量的鲜血游走。听人说过，浪人鲹会将鱼枪的线缠绕在礁石上弄断它。这个时候，我仿佛才苏醒过来并游向外海。由于是十公尺以下的深度，所以目视不清，可是我已确认它在海底的礁石上正如陀螺般旋转。它绕了无数圈依然弄不断枪的线，我射中了它的要害也使它无力挣脱。我在海面休息，调节我的呼吸再潜入水里，然而，我依然很紧张。“我的祖先赐给我这条鱼吧！好让亲朋好友共享之，别让它脱走。”我祈祷道。潜入水里，模糊的鱼身逐渐清晰，好大尾啊，好大尾啊，我想。此刻对它而言，正是最痛苦的时段，因我就要擒捉它，我愈来愈逼近它，也愈为紧张，而它像是被绳索系住的模型飞机，不停地绕圆圈。可是，就在我即将擒住它的那一刹那，它奋力地摇拍尾巴，“BEK”的一声，系在钢条上的渔线断了。哇……我再次失望,彻底地惊呆。“他 × 的！”我在海底如此骂道。可是，骂也没用，毕竟它又再次地脱困。我想：我的运气真是差。但我并没有放弃,我仍然在海底追随它。此时，我发现又有一线希望了，因为它并没有游向外海，反而游回浅海处。由于尾随它十来公尺远，加上海里的压力，我的体力也消耗殆尽，只好浮出水面换口气。在此同时，我注视着它的游向，避免跟丢。我用力地吐出呼吸管内的海水，吸一口新鲜的空气，并且很快地吐气吸气，以缓和心跳的频率。与此同时，我想到了今天早上教堂的弥撒，我是那样虔诚地在祈祷，上帝为何不送我这条鱼呢？在海面，我不断调节呼吸的快慢，也反复思考今早的祈祷词，且放松身子准备再次潜入水中去擒住这尾浪人鲹。

五分钟过后，它开始以反方向姿态沿着礁沟游向深处的外海，而我仍旧在它的上方，但尚未调整好呼吸及体力。在它游向深海处时，原来的希望渐渐地破灭，失望在心中升起。突然间它钻进我熟悉的洞穴，希望又燃了起来，我毫不犹豫地潜下水去，不出半秒它又钻了出来，我奋力地拍动蛙鞋，企图捉住它身上的钢条。然而浪人鲹绝不是愚笨的鱼类，在我逼近它时，它便用力拍动尾巴甩掉我。在海底我停止拍动蛙鞋，用双手捉住礁石加快地前进，可是在海底使力将很快地消耗自己的体力，不到两三秒便要浮上来换气。当我慢慢地浮出海面时，我的视线始终盯住它，虽然海水很混浊。

我吐出呼吸管内的海水，但不敢抬头，唯恐大鱼离开我的视线。它开始游向海底的沙滩，银白的沙粒如同浪人鲹的颜色，难以辨别，混浊的海水亦为乳白色，这些都干扰着我的视野。忽然间，它消失在一块单独耸立的礁石上，而这块礁石的地形我是很了解的，其底部没有天然洞穴可让它藏匿。也许它就在那儿的某处休息吧，我这样推断。我立刻再潜下去，深度至少有十二公尺以上，海底的沙滩没有什么鱼类，我孤零零地潜入，而天色就快暗了。海底的世界美得难以形容，我一向都是如此欣赏海底的奇观，因热爱她而减少了恐惧，并且纾解自己的疲惫。可是，今天的海水非常不清澈，斯时，反而令我心生恐惧。

我非得捉住那条大鱼，如此，我将很骄傲地回家。人都是会如此地幻想，掩饰自己在海底怯懦的一面和不可克服的体能缺陷。待我潜到海底时，我并未发现浪人鲹的影子，于是我绕了一圈，但什么也没有，我再游到旁边的另一个礁石又绕了一圈，依然找不到。彼时，我绝望地拍动蛙鞋，浮上海面，我明白，我是绝对地失去它了。

有许多的潜水射鱼的前辈与我有同样的经历，他们常说："失去鱼枪是小事，平安回家才重要，失去的大鱼是孝敬海中的祖灵，是送给海神的礼物。"我想，这样的思考可使我轻松、心安许多。

我慢慢地游向被浪人鲹缠在礁石上的枪身，希望带回家再装上另一个钢条即可。我做了五六支鱼枪，就属这一把最好，渔获最多，用它的时候，每星期只要我去潜水就会有七八斤以上的红石斑鱼。

浮在海面，浪涛一波又一波地淹没发根，我劳累地任波涛摆布，算一算，从射到浪人鲹的那一刻起到现在，我是一刻也没抬过头，至少有二十分钟左右。仰望天上厚实的乌云，雨不曾停止地滴落，远处部落的路灯已经放射出光了，而我依旧在海里挣扎，此时体力已调节好了，呼吸也平顺了。于是我把头钻进水里准备潜入水底去拿鱼枪，就在这个时候，两条长约四公尺的鲨鱼就在身旁两公尺左右的海面。哇……鲨鱼，怎么会如此地接近我，又比我大两倍，一时之间我不知如何是好。身上一个防御的武器也没有，我惊呆了，动也不动，只有双眼直瞪着这两条丑陋不堪的不速之客。他 × 的，这么晚了还出现这些怪物，我愈想愈气愤。两条鲨鱼挡住我游向岸边的路，而且不停地来回游。怎么办？我想，如果我有伙伴的话那该多好，可是，我并未感觉到恐怖心慌，只是厌恶它们出现在我眼前。

今天真是够倒霉，鱼枪没有拿到又出现这两条怪物，它们一会儿游，一会儿停，就是不远离我。这时候，我想到浪人鲹可能就藏匿在脚下的某个洞穴，它们嗅出鲜血的腥味来的。五分钟后，它们缓慢地潜下海去找寻猎物，我因此越过它们的上方，向岸边游，但眼睛直盯着它们，愈来愈模糊，直至它们消失在深沟里。

然而，我心有不甘地再次游向鲨鱼消失的深沟海面，不得了，两条鲨鱼正在撕裂那尾浪人鲹，毫不留情地啃噬。假如，那条大鱼被我扛回家的话，父亲不知有多高兴，我也会宴请我的邻居们共享之，然而，这只是幻想，下回有机会再遇到大尾的鱼时，我绝对有信心擒住它的。

当我回到家时已经天黑了，父亲坐在门口等我。他有些愤怒，说："为何每次都要让我们为你提心吊胆？难道不可怜我们这两个老人？"

"车子在途中抛锚，所以才那么晚回来。"我说。

"那你的鱼枪呢？"

"被浪人鲹拉走了。"接下来，我是不想再与他谈话，因而赶紧去洗澡。因为把真相告诉父亲的话，他会胡思乱想，把今天的遭遇比喻为祖灵的警告，因此阻止我去潜水，如此一来，便要休息好多天，这正是我最不希望听到的话。所以，有关鲨鱼的或其他在海里看到的怪物，我是绝不提一个字给父亲听。其次，在近十年当中已经有十二位族人在潜水射鱼时溺死，包括娃儿在内，为此父母亲十分反对我单独去潜水。

"你没有被吓破胆吗？当鲨鱼如此接近你的时候。"我稍胖的女人如此质疑地问。

"怕，当然会，但我更讨厌它们丑恶的长相。"

"希望你在下海前祷告，祈求平安。"

"祈祷，那是为了礼敬我的大海的。"我说。

女儿的生日

三个小孩有时拒绝吃我的鱼，

很令我难过。

因我每天潜水射鱼，鱼如何多、

如何大也已无法吸引孩子们的好奇，

有时不屑一望。

但他们都是喝鱼汤长大，

并且三个小孩在学校都是第一名，

倒数算来。

我不知道世界上有多少民族与雅美人同样地不重视儿女的生日，是不是所有的民族都有“生日”这一词汇？在我们这一代，从小到现在，根本就没有过过什么“生日”，父母亲也从未告诉过自己的“生日”是何年何月何日何时辰，更甭谈什么“生日礼物”。

在雅美人的传统观念里，人自母体脱离呱呱落地之始，生母生父之责任只是养育、保护子女而已。昔日，或云台湾被“光复”之前的岁月，族人缺乏医药，也没有替病人治病的专职医生，所以当孩子生病的时候，往往就请“通灵的巫师”来驱魔，认为人之所以得病乃因魔鬼在家中作法。于是族人把致命的疾病神秘化、合理化，孩子不幸夭折全归咎于恶灵，而不曾用智慧采搜药材发明治疗疾病的药物。

我曾经问过家父：“为什么我们的祖先不曾用智慧去寻找药材治病？”

父亲毫不考虑地回道：“人要尽量劳动，病魔就不会进入你的体内，只有懒惰的人才会生病。”

接着又说：“我们雅美人是飞鱼神爷爷告诉我们农耕的工作时令、季节的推移、举行祭典择日的准则的。”是的，人的一生即是个人的劳动史，在族群里社会地位与认同也全维系在其劳动累积的有形无形之财富。只忙碌于渔稼之事，哪有闲情雅兴去庆祝“生日快乐”？

战后出生的雅美人新生代，在接受一言堂的汉式教育之后，才逐渐意识到生日的意义，我们也才从户口名簿得知自己的出生年月日。后来在与父执辈们谈天时，在谈到我们这些晚辈之生日时，他们只说，自己的孩子是在冬天、夏天、飞鱼季（雅美人没有春天、秋天的月历）的某月出生的，何日为其生辰不是很重要的问题，重要的是平安健壮地成长、结婚生子、繁衍子孙。所以，他们说，我们这一代的“生日”全是错误。毕竟，在当时报户口是件很麻烦的事情。

这个麻烦也延续到我们这一代。我的儿子出生三个月之后，我才去报户口，并且被罚九十银元，这实在令我十分恼怒：晚报也触法！

7月23日是我长女的生日，因为有出生证明书，因为有生日蛋糕的诱惑，因为女儿即将进入小学念书，因为是与妻子共有的爱的结晶，因为大人们想借孩子生日之故喝酒，因为应该感恩妻子生儿育女的辛劳,因为接受了注重“生日”的异族教育，所以我应去捉龙虾射鱼来庆祝。

事情很凑巧，两位比我大四岁的朋友，请我乘坐他们的快艇去小兰屿捉鱼。我二话不说立刻答应,彼时已是午后的4点钟。除了准备潜水用具外，立刻请求内人命令孩子们不能早睡，非得等我回来共同享受新鲜的鱼虾。

“如果孩子想睡怎么办？”

“你就放个鲨鱼的录影带给孩子们看。”

“呸，呸，乱讲话。”她些微愤怒地说。

“无论如何，非得要孩子们等我回来就是了。”

我不晓得，我怎么会如此兴奋。那两位朋友确实是射鱼捉虾的能手，而我也差不到哪里去。快艇只花了十七分钟的时间就到达小兰屿了。由于是夏季，太阳落海的时间较晚，所以我们趁入夜之前张网、打鱼。当然，一个成熟的雅美男子到小兰屿射鱼，绝不会滥射，非得选择上等的好鱼（雅美人把鱼类大致分为男人鱼、女人鱼、老人鱼、女人分娩坐月子的鱼）；其次，小兰屿的鱼比较多，去那儿射鱼，除了鹦哥鱼（女人鱼）外，大部分都比较偏爱射 Ilek（俗称白毛），但这种鱼是很聪明的，在海底与它们斗智得费一番工夫。

射了三条女人鱼后，发现有一尾大鱼在礁石洞穴前徘徊。我不用近看即可辨识那条鱼是女人鱼 Agege（学名为黄鳍石斑鱼），躯长约一公尺，宽至少有四十公分，好大的一条鱼！我于是潜水，试着游近它藏身的洞穴。我慢慢地逼近，它与我的鱼枪成直角，射来很容易。当 Agege 与枪支只有三四十公分的距离时，我停下来，不敢压住弹射的把柄，只是静静地趴在礁石上好好地欣赏它，并想着，如果射它，我要射在哪里，何处是它的要害。当憋的气快没之时，我慢慢地浮出海面，以防惊吓它。我虽然如此想，但那条大鱼绝对看得到我，只是不把我放在眼里罢了。

当我浮出海面，两个朋友立刻责骂我说：“你的灵魂被诅咒吗？为何不射？”

“你潜下去，用你的鱼枪去射吧！”我恼怒地回道。

大鱼依旧停在那儿，浮在水中无所畏惧似的。于是一位比较爱逞强的夏曼·加费杜恩潜下去，大约只拍五六下蛙鞋，便可潜到礁石上。我们从上面专心地看着他，以防万一他射了之后，立刻潜下补一枪与之搏斗。然而，没一分钟他便浮上来了，且说："我也不敢射，怕鱼枪被它抢走。"

此时，我二话不说地立即又潜下水去，Agege 依然浮在水中，不畏惧我们。它已经在我的射程之内，我瞄准它的主鳃盖骨与胸鳍之间的部位，这部位可导致它大量出血，削弱它的力气。然而，人通常会犯"自以为是"的毛病。枪的钢条立刻被橡皮弹射出去，正中瞄准的部位。刹那间，Agege 像是不长眼的弹头笔直地往外海冲（这类科的鱼若被射中尾部大半都会钻进洞里藏匿），而我像是被恶灵吓呆，动也不动地原地趴着且看我的鱼枪被它拉走。草绿色鲜血（鱼在海里流出的血色）犹如干柴篝起的烟，不停地从它的胸鳍流出而后钻进深邃的洞穴。

浮在海面的两位朋友，用力拍着蛙鞋跟踪，并在洞穴上面观察。幸好那时段是满潮，海流较平常时段好（退潮时的海流特别强劲）。

"表弟，我们潜不到那么深，你再下去看看。"

我说："我先喘口气，缓和心脏的跳动。"

此时，夏曼·加费杜恩激动得立刻潜下去，看来他是多么地想要捉到那条大鱼啊，但还不到一半他就浮上来了。而我的枪柄隐隐约约地在洞口时进时出地浮动。我想大鱼依然在那里，而太阳彼时也正循着轨道一分一秒地逼近海平线。

此时，我慢慢地潜下去，到了洞口观察四周的地形，往洞里一瞧，洞穴由小变大且幽暗得令人毛骨悚然，真恐惧有怪物出现。因此我赶紧捉住枪柄，仍感觉到大鱼的挣扎。我很费力气地拉着鱼枪，在可看清楚的微光下，我赫然发现一条如我两个大腿般粗大的棋斑裸胸鳝（俗称斑点海鳗）正享受着它的大餐。为了要取回鱼枪及大鱼，我用很大的力气往洞口拉，然大海鳗不放掉嘴里的食物，鲜血已扩散于洞口。斯时，想到父亲的叮咛：远离海中的怪物（如鲨鱼、大斑鳗、红鱼等），因为它们是恶灵附身的实体，也是不吉利的征兆，带给家族噩耗。于是我害怕得立刻浮出海面。我们三个人在这方面仍深信族人关于海中“恶灵附身于怪物”的灵观。“远离吧，兄弟。”我说。

当我们在船上休息之际，加费杜恩对我说：“别为失去的鱼枪难过，那条大鱼当作是献给我们小兰屿的祖灵之祭品。”由于我自己仍深爱着族人万物皆有灵的“泛灵”信仰，所以也祈求道：“请祖先庇佑我的灵魂，像我这样不熟习的新鲜人。”

坐在船上随着海水的律动浮上浮下，日落之后，我逐渐平静了下来，但仍然伤心失去了一支好的鱼枪。我们的船只离岸边仅五公尺左右，而船的左方三十公尺的地方是段断层的悬崖，其底部有许多令人生畏的幽洞。这地段虽然有很多的白毛鱼，然在夜间我们是无胆在此射鱼捉龙虾的。我们恐惧的不是海底经常有鲨鱼，而是夜间的电光和浪花一样明亮得令人无法辨清方向，且暗流强劲。

这一天小兰屿四周皆波涛汹涌，只有我们停泊抛锚之处的水流较平稳。天色暗黑了下来，手电筒装进了干电池，三个电灯在水里照射，我们像小偷一样偷着海神爷爷的宠物。龙虾一只又一只地装进网袋，我的心情是兴奋的，除了孩子有龙虾外，父母亲也可同时与我们享用。虽然有很多的豹纹鲨鱼、白边真鲨鱼或穿梭或栖息在岩石边，但不致令我们害怕。我的心只有龙虾及回航庆祝女儿的生日。

天开始下雨,看看手表已是晚上9点了。在启程回航的时候,雨越下越大，船过了小兰屿凸出的岬角后，浪涛逐渐汹涌，并且船只行驶的方向正逆着海流，此刻恰是退潮时段。天与海是同样地漆黑，小小的快艇是由四匹马力的船外机带动的，船身长度仅三公尺半，于是波浪不时地灌入船身里。因为逆驶，所以船在冲破浪涛时都发出“哔叭”的声音,好像船底要爆裂似的。我因担心船底破损，乞求船长说：“开慢一点吧。”

“开慢，想被海流漂走吗？”我们深爱着海洋，同时也深怕着海流。我们三个人都知道，在回航途中有一海里半的距离，在退潮时是全岛海流最强劲的。无数的波潮被船只冲破，船只时而浮在波峰，时而跌至波谷，我们的心也忐忑不安，深怕遭遇不测。暴风一阵一阵地吹袭过来，我不停地捞出船内的海水，天空的惨云，海里的汹浪，依然令人生畏，显然我们尚未脱离海流圈。眼前全是浪涛排着队要我们克服。我的心在女儿喜悦的面颊前,我的人却在骇浪里挣扎，斯时真担心孩子们等待太久而生气。

船长突然命令加费杜恩和我说：“你们坐稳，我要全力加速,因海流太强了。”说完，三公尺长的船身之船首像飞机即将起飞的雄姿般飞了出去，我们两个更像骑着野马似地抬高臀部，背着迎面来袭的骇浪。我俩一手抓紧船内之横梁，一手握着水瓢舀出船内的水。而我们的朋友——船长也背着迎面的波浪，紧紧地握住外机,注视着机身加速时的急流旋涡是否成一直线。“哔叭，哔叭”的冲击声压过船外机的噪音，我俩不停地舀水，海水不停地灌入船内。

“好……了，放慢速度吧，兄弟，船会爆裂的。”夏曼·加费杜恩大吼大怒地叫道。

“哦……哈哈哈……”船主大笑地接着又说，“我们越过了海流圈。”我想船主是苦中作乐来缓和我们紧张的心。

“他 × 的，下次不坐你的船去小兰屿了。”当我们安全地到了码头之后，夏曼·加费杜恩心有余悸地对船主说。而我脸色发黑地提着龙虾，昏昏欲倒不敢说一句话。当我们回到了部落，平均分配龙虾与鱼之后，他们各自卖出自己的份，赚进三千余元，而我则拿回家庆祝女儿的生日，并邀请他们一同来家里共享今夜冲风破浪的成果。毕竟已经平安回到家了，彼时已是晚上的十一点了。

“回来了，孩子的母亲。”我说。

“怎么那么晚才回来呢？刚刚那种天候像是台风天，我真担心你们三人！”孩子的母亲说。

我一一唤醒睡梦中的孩子。“爸爸你回来啦，我的生日蛋糕还没有吃呢！”“妈妈说，一定要等你回来。”

“乖，你们起来吃龙虾。”

看着孩子们吃龙虾、吃新鲜鱼之快乐的样子，我忘记了自己的疲倦，忘记了骇浪的恐怖，忘记了狂风暴雨的无情。

孩子的母亲边吃着鱼虾，边听我们说故事，她很感动地说：“为你们三个人的勇敢，干一杯。”

两个朋友带着六成的醉意，在深夜的黑巷里消失了，不，他们带着勇士的精神，带着汹涛骇浪永不能击碎的意志离去。而我依然如族人一样不甚重视儿女的生日，只注意孩子们成长的过程是否强壮。如果没有户口名簿，也许只记住孩子是在夏天出生的，我的责任是要求孩子们在成长的过程中减少对我的依赖。也许，将来孩子们只记住汉字的“生日”而说不出雅美语的“出生”。也许，将来孩子长大成人后，他们将会使用货币去买鱼，甚至买龙虾庆祝他们子女的生日。假如我能荣幸当祖父的话，我仍旧会去小兰屿为自己的“孙子女”捉龙虾来庆祝，当然我依然是不重视“生日快乐”的，反之要感谢孩子的母亲，庆祝她的“受难日”。

大魟鱼

Miney Pasalaw（魟鱼），

在海里看到如此丑的鱼是不吉利的，

我怕它，所以，离它很远很远。

潘小侠 / 翻拍

一如往常地，在每天下午的3点钟左右，心里总有一股说不出的感觉——想潜水射鱼。白天若是没下海，晚上就非去不可。假若白天、晚上都没潜水的话，这一天我就不知如何来消磨时间。站在自己尚未建好的房子的屋顶，远眺J–Langoyna（地名，岬角之意）的海流。这一天的波浪不是很汹涌，计算阴历，潮流不会很弱。我想，也许我的体能能够应付。

“夏曼，还要下海？天色就要暗下来了。”父亲说。

我并不想回答父亲的话，以免被他冷却我正在沸腾的潜水心意，径自骑车离去。此刻，在我心中只想着一件事情，就是射个五六条的六棘鼻鱼孝敬他；三四尾的鲸鹦哥女人鱼给妈妈和我微胖的女人。如此，这一天才过得很充实，我认为。

六棘鼻鱼在冬季时分都是一群一群地浮游至海面。

这种弱小的鱼类，有时摄取海沟边的海藻，尤其在寒流来袭之际数量更多。这种鱼喜欢栖息在海流畅通的海域，且皆是逆流泅泳，它们在下午4时左右会大量地游至近海，游进礁岩洞休息、过夜。在我父亲年轻时，射这种鱼十分容易，因为那时潜水射鱼的人少，鱼类还不会怕人，只要肺活量好，要射多少就有多少。如今，台湾来的渔船不断地在兰屿四周海域炸鱼、毒鱼，使得很多鱼在发现潜水夫时，便很快地逃走。毕竟，鱼类也有为了保住性命的防御智慧。

虽然如此，我们依然可以射到几尾六棘鼻鱼，只是渔获没有以前那么多。1993年12月的某日，当我抵达自己心中预先决定潜水的海域（雅美人的习俗，在村落里绝对忌讳讨论前往捉鱼的地名，避免恶灵跟随你驱走鱼群）时，发现潮流流势不很强，因当时是满潮。在我潜水的地方，离岸边虽然只有五公尺的距离，但五公尺之后便是深度二十公尺以上的断层，断层面长满珊瑚礁，其上方的平台也是如此，所以吸引了许多如手指般大的热带鱼，它们的艳丽娇柔实在难以形容。雅美人不伤害它们，所以它们根本就不怕人。

我静静地坐在礁岩上，观察流水，洗净水镜，看看已西边的太阳，想着扣除回家的路程的话，我只有一小时多的时间射鱼。潜到断层平台，趴着等待鱼，水色不算很清，但水流夹着数不清的浮游生物，并引来许多的浮游鱼群，如黄尾冬、红尾冬等。当我潜到海底静静地趴在礁岩等待猎物的时候，它们像苍蝇般时而顺时针、时而逆时针地环绕在我头顶上。由于猎物太多且反应敏捷，加上水底的海流之关系，使我在很短的时间内开启枪之扳机很困难。其次，同类科的鱼长相都相同，尾数太多，不知要瞄准哪一个。因此有好几回是发空枪，在我射中一尾之后，它们便在很短的时间之内远离我到另一个地方去觅食浮游生物。

我依然在原地等待六棘鼻鱼的到来，潮水越来越满，天色也逐渐地暗灰了起来。我想着，海流是由西流向东，六棘鼻鱼应该很快会成群成队地游向潮间带的海沟过夜的。果然，几分钟内它们开始出现在我的水镜目测的范围之内。我再次潜到海底，企盼它们快快地来到鱼枪的射程之内。由于这种鱼喜欢逆流泅行，一上一下地摄取浮游生物，有时它们潜到海底吃海藻类的水底植物。第一次潜到水底，它们并未依习性好奇地游向我这儿来。当我浮上水面换气的那一刻，它们像发现怪物被吓到般纷纷地离我远去。

我再一次潜到水底，并吐出一些泡泡引诱它们的好奇心，但徒劳无功。就在这个时候，我脑海里萌生害怕的意念，这种恐惧是从来不曾有的。虽然我经常单独去潜水，甚至是夜间也不会怕海底会出现什么怪物，我觉得很错愕，自己怎么会有如此不吉祥的预感？于是我察看自己四周的海底环境，什么怪物也没有，但我依旧莫名地害怕。当我抬头仰望水面时，赫然发现一条大魟鱼在我的正上方。

他 × 的，原来是这个怪物令我害怕，在我看见魟鱼时，我立刻回忆起村里的前辈在谈天时所讨论的有关大魟鱼的故事。有一回，我的堂哥及几位好友去射鱼，他被大魟鱼包住，无法浮出海面换气，由于魟鱼的长相太丑，因此堂哥厌恶触摸它，加上它的细细的尾巴有剧毒，使我的堂哥更为害怕。为保全性命，他唯有的防御能力与唯一的选择是用鱼枪射大魟鱼。这一枪一射出，除了流大量的血外（雅美人最忌讳丑陋的鱼——如鲨鱼、海鳝、鳗类、魟鱼——的血沾上自己的身躯，因为这会导致直系血亲得恶疾或死亡），大魟鱼发疯似的，用两边的“翅膀”重重拍击我的堂哥，他像是被台风之巨浪冲到潮间带的礁石，全身被尖锐的珊瑚礁刮伤、刺伤。据他说，当他到了岸上，双脚已经无法站立，头昏目眩弄不清四面八方，足足有两三个小时是在无意识的状况，幸好有伙伴相助。而在我头顶上的这个怪物——魟鱼，至少有三公尺宽。我真的厌恶它的长相，它腹部全是白色，在我眼中，它比海鳗还丑陋千倍以上。我于是慢慢地攀着珊瑚移向岸边，而它则以特殊的敏感和我同速移动。假如我现在浮向海面的话，恰好是在它的腹部。此刻，我开始紧张了，虽然我已在岸边的正下方，但这地方是断层，尤其可恶的是，它不让我浮出海面，它的"翅膀"已经碰到礁石了。由于自己已在海底憋气至少有十五秒左右，加上紧张，很自然地呼吸就比较短。但总得想个办法赶走这个魔鬼，我想。用枪射它，枪绝对被它拉走，并且我实在很厌恶看到怪物的鲜血。在狗急跳墙的情况下，我在海底用力吼叫，它竟好像被咒骂般，惊吓得立刻拍起"翅膀"游走。

哇，我终于吐出了一口气浮出海面，并且立即上岸休息。我的亲爱的祖灵，谢谢你们庇护我。我很自然地顺口向祖灵致谢。然而，不到五分钟，大魟鱼又游回来了，我在岸上看着，它的宽度至少有二公尺半左右，算是中型的怪物。它在我面前不停地游来游去，这时，我找了一个大石头准备抛击它的脑部。如椰子大的卵石够它受的，我想。当它游近我的正下方时，我利用居高临下的优势，重重地瞄准它的双眼中间之部位，"砰"地一声正中目标，水花四溅，而它一边的"翅膀"浮在海面，另一半在水中急速扑展。当它的另一边"翅膀"落海时，它重重地拍击海面，掀起好高好雄壮的浪花，而后潜入水中。去死吧，我说。

彼时，我在岸上得意地抽了根烟，以缓和自己的紧张。太阳此时已经落海了。但我还想射几条鱼，因网袋只有一尾黄尾冬。于是我再次潜水，发现海里没什么鱼。我很难过，没有女人鱼可给妈妈吃，而网袋里的黄尾冬是煎给孩子们吃的，所以父亲也没鱼可吃。想一想，游到别的地方去射一些鱼吧。我一边游一边想刚刚发生的事情，心中仍有余悸。射不到六棘鼻鱼，射一些比较笨的鱼，至少父母亲也有鱼汤可以喝。要废弃“退化的雅美人”的污名，现在唯一的方法就是继续射鱼，我想。

当我射了一条鹦哥鱼（女人鱼）时，心中又开始恐惧起来。父亲曾经跟我说过：“你在海里打鱼时，如果你的灵魂突然害怕的话，不要犹豫，立即上岸回家，因那是不祥的预兆。”想到这句话，我便掉头游回原地。当我在原地做最后一次的潜水，趴在珊瑚礁上时，我东张西望观察四周，仍然余悸犹存。于我东边的不远处，大约在二三十公尺吧，三条腹部全白的大魟鱼正朝我这儿游过来。为了避免被这三条怪物戏弄，也为了保住自己的性命，我即刻浮出海面，并快速地游回岸边。在上岸之前，我瞪着它们仔细地看个清楚。它们前端双眼之底部，有两片似是镰刀形的垂肉，十分难看，中间是嘴巴，看来至少有两尺宽，极丑无比。它们并行地游向我，犹如要向我挑战、复仇。原来被我“揍”的那一条请“兄弟”来了。可见它们还是蛮有智慧的鲼科鱼类。

为此只好登岸远离它们，但它们直向我上岸的地方游过来，并在那儿停留。海是你们的世界，陆地是我的天下，我不下海潜水，你们也奈何不了我，我说。

魟鱼浮游在海面觅食时，通常都是单独的，并且是肉食性的鱼类，今天不晓得我犯了什么忌，令其中的一条“呼朋引伴”来复仇。当三条魟鱼堵住我下海的通道之际，我非常气愤，因而激起我再次捡石块意图“炸”伤其中的一条。看着它们悠然地游来游去，忽然间想起了父亲、伯父曾说过的话：

“孩子，在海里看到奇形怪状的鱼类，最好不要伤害它们，因为它们的灵魂比正常长相的鱼来得有灵性。”也许，我太频繁单独地潜水，以至于渐渐地被他们（雅美人）的“泛灵信仰”所影响。当自己逐渐融入自己的母体文化之后，便相信了大自然之一切有生命的生物都有“灵的存在”。于是我放下手中的石块，向长相怪异的魟鱼道别。

关于此，我是绝对不跟父亲说的，他除了会阻止我射鱼外，将来我的父母亲也不会再吃我射的鱼，因为潜水射鱼很危险，而我又经常是单独一人，他们深恐我在海中有不测的一天。为了要潜水，为了要给近八旬的双亲新鲜鱼吃，在海里遇到的“困难”、“怪物”只记录在我的脑海里。

台湾来的货轮

这是红脚鲣鸟，

我们在南海上花了许多天的时间，

才拍到这一张鲣鸟猎捕幼飞鱼的照片。

它在海上捕猎的耐力令人称奇。

在飞鱼季节里，遥远的，真的很遥远，在海的尽头的海平线，忽隐忽现着来往台东—兰屿的轻型货轮的桅杆。一群雅美孩童，在不及二百公尺海拔的山丘上采野果时，经常不定时地看见那艘我们所熟悉的船型。货轮承载雅美孩童的希望、年轻人的彷徨、老年人的焦虑。于是一群男孩、女孩便从山顶上飞驰到货轮停泊的澳湾，一路上雀跃地喊着："台湾船，来啦！台湾船，来啦！"村社里的族人一听孩子们兴奋的嘈杂声，即刻伸长脖子远眺海平线。"船来了！"很多人说，立刻放下家里琐事，无分男女老少，吃奶的小孩、持拐杖的老翁无一缺席，聚集在台湾来的重刑囚犯刚开辟好的碎石路边，井然有序地排列成一字，八代湾于是热闹了起来。会跑步年岁的小孩，此时便在海里游泳嬉戏，有搬运能力的青壮年则坐在卵石上浅谈他们的未来。碎石路的上方有栋建筑物，大门写道：兰屿民众服务站。其广场此时也站了约摸三四十位外省军人，每个人虽然不能用"凶神恶煞"来形容，但他们的神情却是多愁寡欢，"三年准备，五年反攻大陆"的美丽谎言，深深烙印在他们的胸膛。这一群人和岛上的族人一样，对货轮的来访是希望与惆怅的纠缠，并和族人待遇相同：船上没有一件货物是属于他们的，更谈不上任何亲人的探望。不过他们有钱消费船上的货物，但雅美人只能用肉眼看，用幻想填饱空空的地瓜肠胃。

货轮划破海洋，溅起的银白色浪花越来越明显了，在八代澳湾的人群，不分种族地畅谈货轮上究竟装载了什么东西、什么人。

外省人期望花生和米酒
台湾人巴望接到调走的通知单
老师们渴望两三个月的薪水袋
小学生期待午餐吃的面粉
年轻人希望能偷渡到台湾
老弱妇孺巴望救济物品
杂货铺老板娘巴望煤油和鸡蛋
而雅美的勇士
双眼注视着货轮航行速度

货轮愈来愈近了，船上有几个人已可清楚地数出。虽然船上一个雅美人也没有，但不知是什么缘故，族人总是特别高兴；尤其是小学刚毕业的少男少女，显得格外兴奋。彼时，货轮真是承载着族人无限的希望，带给战后的雅美新生代数不清的梦想。对20世纪50年代出生的雅美小孩而言：台湾真是天堂，兰屿却如监狱。于是，货轮的来与往支配了我们心灵的梦想。

货轮终于驶进了八代湾的海域，被惊吓的飞鱼向四方海面逃窜。“货轮污辱了我们的飞鱼。”勇士们如此慨叹。虽然如此说，他们却又渴望亲眼目睹船里的货物，于是一字排的人群热络地讨论飞鱼与货轮，似迎还拒的矛盾情结浮现在族人的脸上。

有什么好辩论的，今年招鱼祭主祭船组不是很神圣地用雄鸡的牲血和祖先的银帽呼唤了飞鱼的灵魂？这儿是飞鱼的故乡，有哪个海洋民族像我们雅美族如此地敬仰飞鱼和海洋？台湾的货轮来了，我们用什么来阻止它？说到此，众人便封了嘴，深恐触犯飞鱼祭“言语”的禁忌。

“叭……叭……”货轮的笛声响了，穿透了独色恩特山谷的谷底，尔后回响于八代湾边的人群。“哇……”的长声像是欢迎的音号，一群孩童跳了起来。货轮很快抛下了锚，于是50年代出生的孩童，彼此比赛游泳，胜者便可坐享其他人偷来的东西；同时，一字排的人群开始浮躁起来，陷入了迷惘。长辈们高喊着：“不要被台湾来的灵魂抓走啊！”语气极为伤感。服务站广场前的军人与杂货铺的老板娘很高兴地笑了起来。

货轮究竟给了我们这些小孩什么？战后的新生代为何那么盼望到台湾？如今，我已回兰屿定居了，依然思考、回想着儿时60年代的情景。货物终于被搬上了海边，我们开始动歪脑筋，由夺魁的泳将分派任务编组：你们搬柑橘，你们搬罐头，你们扛……另一方面，杂货铺的老板娘正逐一喊价：那一篮五角，那一箱一元，那……搬货赚钱固然重要，但更重要的是，从篮底弄个洞取出东西，偷偷埋在沙里或石砾下。老板娘愉快地分发工钱，我们更高兴地一趟又一趟地来回搬运。

“不要忘了你们做的记号，要不然没得吃。”泳将略带威严地说。货物逐渐地少了，夕阳亦开始展现绚丽的景色，我们喜悦的心情随时光升华，半边的月亮在星空中散发微光，父执辈们系牢了夜航的桨绳，静待夕阳落海，孩童们无所事事地围绕在船只的四周，目送、祝福捕鱼船队。

点点星光渐次出现在八代湾的上空，雅美船一艘又一艘地轻掠过八代湾的海面。于是我们像鱼群似的冲锋寻找自己埋藏的“猎物”，然后集合在泳将身前。“哇……好多的东西啦！”无一是族人能够生产的食物。在等待父执辈们回航的那段时间，柑橘、西瓜、柳丁等确实比飞鱼的肉好吃。也许，这就是我们期待台湾货轮的第二个原因吧！

“好饱，好饱哦！”十多个小孩于是掘挖了沙坑睡起来，梦中盼望着：货轮下次什么时候再来兰屿？

沙滩是我们的床，海浪宣泄的潮声是我们的安眠曲，天空的星星是祖先的灵魂，月亮是祖先的朋友；这些可能比台湾还漂亮，还美丽。但希望货轮下一趟再来时，我们能偷渡到台湾，这才是我们期待货轮来的第一个愿望！

台湾真的是——天堂？父执辈们如斯怀疑。

夏本·米多力的故事

从山上砍下的木头，

转型成达悟人在海上猎鱼的工具，

传递着我民族与海神间的密码。

海是一张神秘的画，里头藏着吃不完、用不完的食物，并且可说是千奇百怪的水的世界；海是一张没有道路的地图，喜欢海的人便是它最亲密的朋友。有时它温柔得像婴儿可掬的笑容，令人难以抗拒；偶尔呢，凶狠如敌人的匕首，要命得不讲感情。

夏本·米多力[1]这样轻描淡写地讲给旁边的第三个儿子西·雷虎听，关于海的小小的故事。

西·雷虎诚如其父，有高大、壮硕的体格，结实的胳膊，坚毅的双眼。因而，夏本特别喜欢他。

“雅玛，”雷虎犹豫了一会儿，把话停止在舌尖不吐出来，尔后又支支吾吾、信心不足地说，“雅玛，何时带我去 Ivatan（巴丹岛）做交易？”

“做交易？”

“我现在有把握可划到巴丹岛。”雷虎强调。

“海是没有感情的。”

“像敌人的匕首。”雷虎接着说。

“是的，但匕首的主人有眼睛，不任意出鞘的。”

“海的主人没有双眼，只有暗流、旋涡。”夏本亲切地接着

---

1. 夏本是祖父，母冠的头衔，在雅美社会里是象征意见领袖的人。

回答儿子的质疑。

暗流、旋涡不可怕，我有力气和智慧可克服，西·雷虎如此肯定自己。

“雅玛，何时带我去巴丹岛做交易？”雷虎再次央求领导雅美人和巴丹人交易的父亲。

夏本不说一句地走开了，但他心里早有计划再次集合善战的族人去巴丹岛做交易，并且是为雷虎交易一张坚固的Pagad[1]。天空一片云朵也没有，像是被天神驱除的。此后，过了一些天，夏本·米多力即放出豪语：“自认强壮凶悍的雅美人请来渔人村找夏本·米多力。”

夏本的长子、次子听到后，预感到将有事情发生。毕竟夏本·伐卡克[2]业已道出狂言说，终止再与雅美交易，违背者格杀勿论。因此巴丹岛人便也无胆来雅美岛做交易。然而，兄弟二人并没有好的法子来阻止其父前往巴丹岛做交易，唯在心中萌生许多假设，暗中计划保护高傲的父亲，假设他真的去的话。

“雅玛，你真的还要再做一趟交易？”大儿子很焦虑地问道。

“是的，我是非去不可。”

夏本·米多力知道他的两个孩子不可能丢下他而不跟随去，因为他们也像他一样爱面子、好逞英勇的。但他心中始终都惦记要为三子交易一张坚固的Pagad，没有Pagad怎么能成为成年男子呢？当然，他心里亦明白此番出航的交易是凶多吉少的，是

1. Pagad是藤制的护身盾牌，用于战斗。

2. 夏本·伐卡克是最先来兰屿的巴丹岛人，由于是巨人，便和夏本·米多力成为好朋友。他的名字是很高级的，雅美人不敢用此为孩子取名，唯恐他人耻笑自己高傲且又无能。

场杀戮的交易，于是磨利了护身匕首。

没有多久，交易船建造好了，长约二十五公尺，宽约两公尺半，各村自愿来的好汉勇士有八十人左右，一半人划船、一半人休息，相互轮替。夏本·米多力在船尾撑双舵领航，而他的另一朋友亦为巨人——朗岛来的夏本·贾巴克在船首也撑双桨，其余的在船旁划一根桨。全岛的族人都聚集在八代湾，目送祝福去巴丹岛交易的雅美勇士，场面壮观极了。交易船终于切割了层层浪涛，船桨拨掀的浪花再次震惊了海里的鱼神。他们划了两个太阳和一个月亮的时间，交易船终于抵达了夏本·伐卡克居住的岛屿——巴丹岛。彼时正是艳阳高照的午后。

巴丹岛人远远地即眺望到了交易船所张扬的船帆，于是全都围绕在交易船停泊的澳湾边。

“夏本·伐卡克，雅美的交易船又来了。”好多巴丹岛人如此高喊。

夏本·伐卡克一边磨利匕首一边想着，不是已和米多力达成协议了吗？为什么他还要来，难道我们一定要发生流血才停止交易吗？他为何不遵守诺言？炙热的阳光令他心浮气躁，情绪格外不好。

由于交易船始终都不靠岸停泊休息，于是夏本·伐卡克令他们族人打开被监禁于林投树里的魔鬼，鬼门关一打开，众恶灵便集合在夏本·伐卡克的面前。夏本交代了一些事之后，众男女恶灵便开始了他们极度诱惑人的舞蹈，诸如做爱的鬼动作之类的下流行为。

此时，在船上的雅美人，因经不起极度诱惑的舞姿便把船划近岸边。不多时，当交易船划到潮间带时，上百个巴丹人便合力把人和船扛到岸上的林投树丛里，尔后，众恶灵又被监禁在林投树里。彼时，各家的男主人即任意选择了自己的交易伙伴带回家，妇女们在这个时候开始炊火煮芋头，用芋头糕招待交易的伙伴。芋头糕做好后，在里面夹一片猪肉，雅美人吃到猪肉时，即是刺死交易伙伴的时刻，但必须等到傍晚时分才能把芋头糕拿出来招待宾客。夏本·伐卡克如此交代。

夏本·米多力自然就是夏本·伐卡克的交易伙伴，而且他俩已有十来年的交易历史了。（他们通常交易的是金箔片、玛瑙及各式各样的有意义的手工艺品。[1]）当伐卡克邀请米多力来家里吃芋头糕时，米多力便说道："我的好朋友，我划了两个太阳一个月亮，身体很疲倦，想先在凉台休息。""没关系，我们就在凉台休息、谈天。"

夏本·伐卡克高高的凉台上，一眼望去是无垠的海洋，湛蓝得可见到海里的礁岩，飞鱼季节正是雅美人和巴丹人交易的时间，巴丹岛的北方还有一个岛叫 Ikbaya（伊巴亚特岛），那儿也有人居住，再北还有五个岛是没人住的，交易船即是沿着那些小岛来的。彼时，伐卡克说了一些近年来在那些小岛发生的事情。

"我心腹的最佳的交易伙伴，"米多力打开话匣说，"这次来交易主要是为我的三子换得一张坚固的 Pagad。"

"我的挚友，夏本·米多力，我们不是协定不要再交易了吗？"伐卡克说。

---

1. 交易物品有一件石制的捣米桩被运来兰屿，现流落在台北某个收藏家手里。

“我的儿子没有Pagad岂能算是善战的成年男子？就做最后的交易吧，朋友。”

夕阳业已落海了，余晖之余温尚留在伐卡克屋前平台的背靠石上，巴丹妇女们正惶恐地等待黑夜的降临，因一入夜便是把芋头糕端出来招待交易伙伴的时刻，同时亦是最紧张的时候——刺死交易的雅美人。所以，她们无时无刻不在探头伸颈望着夏本·伐卡克在凉台的暗号。

“为什么每一次的摔跤比赛、每一次的擒牛比赛、每一次的……你都刻意把我打输，害我在族人的面前丢面子、丧失威严？”伐卡克似有气愤地说。

“原来你是为这些事失败于我而终止交易啊！”

接着米多力又道：“就做最后一次的交易吧！朋友。”

“不行，我定遵守诺言。”伐卡克说。

“我带了很大片的金箔和你交易一张坚固的Pagad，朋友。”

“不行，为何任何比赛你都让我丢尽面子？”

他俩同样都是巨人，一个拳头可塞进他们的鼻孔里，他们是单人可扛一头牛、吃半只猪的怪人。夜逐渐地昏暗了起来，米多力也早已松掉了胸前配备匕首的绳子，并且等天一暗即刺进伐卡克的胸膛，假设交易不成的话。天真的暗了，天神的天空逐点地闪出了小小的星光。夏本·伐卡克在高高的凉台上做了请交易船员吃芋头糕的暗号予巴丹岛的妇女们。

“进屋吃芋头糕吧，我的交易伙伴。”

“就做最后一次的交易吧，朋友。”

“行不得，绝对。”

就在此时，米多力不假思索地拔出了胸前锐利的匕首，向他的交易伙伴夏本·伐卡克的胸膛猛力刺了三四刀，血液便从伤处喷出来，洒在米多力的面部。

“这是送你的最后交易的圣礼。”米多力这样高喊道。

其余的，不论巴丹人或雅美人就在暗夜的时刻听到米多力如此高喊时，便揭开了雅美人和巴丹人在交易的历史过程中唯一的战争。“啊……哦……唉……”的惨叫声此起彼落，尖叫声更是刺破了天神宁静的夜空，雅美人在私下达成协议不杀小孩和妇女。

“诅咒你的八代祖先，八代后代不得好死！”夏本·伐卡克抵住血流如河的胸膛，最后惨痛地喊道。

夏本·米多力接着又杀了第二、三……六家的男主人，到了第七家，他误杀了一位老妪。老妇人一握住凶手的手掌便知是夏本·米多力。

“在我们的岛屿我诅咒你不得好死。”她痛苦地呻吟道，接着又说：

“孙子，你若在家里的某处，就送给米多力致命的一刀吧！”

由于米多力是巨人，所以无法步出屋外，必须是双掌、双膝一左一右地爬出来。就在这个时候，这家的小主人从 Pasaptan[1] 跳下来，一刀刺中正爬出屋外的米多力的肚门，深入腹部，并把匕首留在他的肚子里。小主人愤怒地、勇敢地大声说：

1. 用于放置陶碗、陶锅的木块。大的房子有的会使用长十公尺以上的被削成一片的木板。

"去死吧，北方来的巨人！"

"Yakes（祖母），我已为你刺死北方来的巨人。"小主人骄傲地说。

夏本·米多力被刺到要害后，流着血爬行到一棵大树旁休息，痛苦万分地呻吟道：

"雷虎没有一张坚硬的Pagad，岂能算是雅美善战的勇士呢？"

"巨人叔叔你还好吧？"没有被杀的几位交易船员从海边跑上来巧遇米多力时，如此安慰他说。

"我挨了一刀，在肚门。"

"我们的交易船被砸得稀烂了。"

"那你们好自为之，到山里躲藏起来。"

七八十个雅美人据说只剩了二十几位躲在山里，各自建造自己的独木舟。这都是巴丹妇女们喜欢勇敢的交易船员的气魄，而主动协助他们的。然而在回航途中大都被海神吞食而殁，只有两个人成功回到兰屿来。

一位是红头村的西·洛克洛库，一位是朗岛村的西·拉沙印，他俩是在Jimalavang A Pongso（白色岛屿）巧遇的。

他们之所以能回来，是循着北方的一颗名叫Minamorong的星星的方向的。

由于他俩的安全归来，这个故事才得以流传到现在。这则故事是从我父亲那里听来的，当他说到精彩的剧情时，会比手画脚。当然这个事件之后，过了二十年有一位巴丹岛的人来兰屿求婚，这是这则真实故事的延伸，亦为雅美人和巴丹人最后的来往。

1987 年，当一位雅美的青年远赴 Ikbayat 岛提亲时，那儿的老人还知道这件没有被记载的历史，以及为钓鬼头刀鱼，雅美人与巴丹岛人在海上相遇的故事。

无怨……也无悔

我的鲁凯族朋友Ovini（欧威尼）来兰屿看我，

我用手指着我射鱼的渔场。

他说，下次去喝好茶，

看他满座山的猎场；

他真是好人，云豹的传人。

李旭彬／摄

雅玛和依那一如往常地每天下午枯坐在屋前的空地，漫谈些昨日、今日及逝去的过去种种。他们说的故事剧情不断重复，虽然没有听众，但在寒冬的午后正可排解寂寞。

我在父母亲上方水泥盖的凉台上远眺潜水射鱼地方的潮流。想去潜水，但厌恶父母说些阻止我在午后潜水的话，这是我最不想听的话：“就要晚上了，别去射鱼啊，夏曼。”

然而，我心中一旦决定要浮潜射鱼，什么事也别想阻止我，纵然是寒雨凄风也无法浇熄内心热爱射鱼的烈火喜焰。

“孩子啊！就要晚上了，为何不听我们这两个老人的话，非得要去射鱼呢？”

我正与海洋热恋，于是无言也无语无心答复地径自骑着机车，驶向潜水的目的地。我明白也很了解自己不会在天黑后回家的。无论是否能射到鱼，只要泡在海里一两个小时，我便非常地高兴，仿佛凡事皆顺畅无阻。在那一天夜晚，有如此之感受，是这四五年来不断潜水射鱼与海洋建立起的无法言喻的特殊情感。海，固然是世上最无情的实体，但也是人类最珍贵的朋友。小岛的生活，祖先累积的与海洋之情感的流动，从未曾在世居兰屿的达悟子民的血浆内凝固死亡。

我一路上想着，想着那不可言喻的情感与海洋。一个邹族的猎人告诉我说：他从中央山脉背起他的猎物—山羌，走到部落要花一天的时间。然后把肉分享给亲朋好友，自己最后所剩没几两肉，便把分配肉的、油腻腻的双掌“啪”地抹在嘴上、脸上并撕咬着肉，享受着被称为猎人的尊荣。猎人，是原始生产者，在部落中是至尊的封号。但当他在卡拉OK厅唱歌、喝酒，坐在乡长、县议员的旁边时，这位猎人又显得格外卑微、粗俗、胆怯，毫无猎人在深山之机敏、锐利的气魄，因为他被法院起诉滥杀保育动物。去年，他到兰屿我家，咽下苦苦的一杯米酒，说：“夏曼，你知道吗？猎人的至高头衔现在只残存在我三位徒弟的心中，现在我的骄傲，不如乡长用米酒送给他的选民来得值钱啊！你很好，你射的鱼不被列入保育动物，你永远不会被汉人的法律起诉受牢狱之苦。”苦苦的酒，苦苦的脸，猎人在现今原住民小孩的心中，是个模糊的符号而不是活生生的英雄。我举起苦涩的啤酒说：“我的朋友，猎人，大自然明白咱们的骄傲豁达，不生存在大自然怀抱里的人是唾弃我们的尊贵的，唾弃我们用生命做赌注换来的新鲜食物的。”

我天天射鱼，那又为了什么呢？是为了获得部落的人认同我在这方面的成就吗？起初，我不是这样想的吗？想要改变部落人对我所使用的字眼—汉化的达悟人，证明自己能够回到徒手生产？是的，我是这样想过。可是，父母亲始终把我归类为“汉化的达悟”，那什么是真正的达悟子民？究竟有没有基本的定义？我为何要唾弃就业赚钱？如果我不潜水捉鱼，我会失去什么？

远离台北，回到母亲的土地生活，算来也有七八年了，当堂哥去台湾赚钱的那两年，我独自克服对海洋因不熟悉而产生的恐惧，如今，成了孤伶而勇敢的潜水夫，并且习惯一个人在午后潜水，然后爱海底世界胜过赚钱照顾家人。海、海底世界、海里的鱼类，真掳捉走我的灵魂？海，真他 × 的那么有魅力？在夏季，风平浪静的时候，我也真认为不出海生产的达悟男人如同是残废的人。如此怡人的景致，是让达悟人爱海的主要因素。但，台风来到，咆哮狂暴的骇浪瞬间刺破礁岩的每个缝隙时，又令达悟子民害怕海浪的无情。自然界循环的律动，有谁能遏阻？平静的海，我潜水射鱼生产，万丈顷波的台风让我欣赏她的暴躁气焰，久而久之，我被她的宁静、暴怒征服了，于是我不知如何来描写海洋的可怕。

夕阳被海平线遮盖后，我回到家了，父母亲仍旧枯坐在原来的位置上，孩子们放学了，我的亲密爱人辛勤地在厨房工作。我把射到的几尾鱼安放在三尺四方大的木板上，六条六棘鼻鱼，三条是父亲的，三条是我的，两条女人鱼白毛，妈妈及孩子的母亲各一尾。锐利的刀锋划在鱼的背上，鱼肉还在颤动，心脏也仍在蠕动。小女儿 Nomuk 说："爸，这个还会动呢！""给你吃，好不好？""不要。"女儿说。而当我把如大拇指般大、流着鲜血的心脏塞进嘴里时，女儿又问："好吃吗，爸……""好好吃。"我说。"那这条鱼的小心脏给我吃。"我欣悦地答应，正合我意。但在这个时候，父母亲却是心事重重的，一丝喜气也没有展露在满是皱纹的脸上，有的只是老人惯有的沉默。儿子 Raponfan、大女儿 Matnaw，此时站在旁边看着他们的小妹妹把鱼的心脏捧在小手掌观赏，而后微微仰头，把仍在蠕动的鱼心文雅地放进她的小嘴巴。“嗯，哥哥，很好吃呢！”哥哥做个不屑一听的鬼脸，接着姐姐笑着说：“妹妹，很好吃吗，鱼的心脏？”“嗯，但没有麦当劳的炸鸡块好吃……”

“夏曼……”母亲最后忍不住说，“夏曼，你不听我们的话，天天去射鱼，不守禁忌，又不赚钱……你除了海以外，什么也不做，你……干脆到台湾赚钱算了。反正，我和你父亲也吃够了你的鱼，你的孝心我们心领了，去台湾赚钱吧……”

当我听到母亲命令我到台湾工作，我很错愕，心情也很复杂。孩子们听不懂自己民族的语言，蹲在我旁边看我杀鱼，我低着头，继续杀鱼。

“你天天去射鱼，有时又那么晚回家，我和你母亲便天天为你提心吊胆，忐忑不安啊，孩子，在冬天，海里的恶灵是很凶恶的，我们对你别无所求了，不知你为何对海、射鱼疯狂到令我害怕的地步。如果你是用新鲜的鱼来孝敬我们的话，现在我们已感到欣慰了，如果你还想孝敬我们的话，我和你母亲的决议是，你离开兰屿到台湾工作赚钱。因为……好不好，夏曼？”

“夏曼，爸妈说的一点也没错，你什么也没做，天天往海里混，家里的开销全由我一人承担，电话费、电费、孩子们的钱，还有你的香烟钱也要我给你，你好意思？一个大男人呀，海的魅力真有那么大？大到你三年不去赚钱，而只为了海里的鱼，这公平吗？你干脆去台湾算了，我和父母亲一样天天为你对海的疯狂热爱而恐惧万分呀……”

“对嘛，对嘛，爸爸，你干脆去台湾算了；妈妈看你已经很烦了，而我们也没有零用钱花，你赚钱寄回来，妈妈就可以用钱买鱼吃呀。爸爸，去台湾，去台湾啦，爸爸……”孩子们同声恐吓我说。而孩子母亲的口气正如我杀鱼用的刀那样地锐利。

全家人—父母亲、孩子的母亲、三个小孩，共六个人，都要把我赶出家门，只因为我不赚钱，只因为我天天往海里潜，如今，正当我成为潜水射鱼高手的巅峰阶段，全家人泼我一剂冰冷刺骨好痛好苦的一盆水。

“夏曼，跟你去台湾念书的族人，返乡之后各个都有稳定的工作，在台湾有房子，孩子也在台湾受教育，你是怎么啦，一无是处，脑子里只有汪洋大海，什么民族认同、族群意识、达悟人要坚强……一些狗屁不通的歪理全是空洞的，明天给你钱去台湾。”孩子的母亲硬是要刺破我的胆似的口气，令我无地自容。我拾起散放在地上的鱼枪、水镜、蛙鞋及装鱼的网袋，像个理所当然被众人欺辱的孤儿一样地悲惨，在我上二楼的台阶时，三个小孩用小拳头轮流地揍着我的臀部，不断地说：“对嘛，对嘛！去台湾赚钱，去台湾赚钱啦！”“孩子们欺负我嘛！”我突然对自己说。此刻，我的情势好像被众人戏谑的癞皮狗一样地得不到一丝同情。

去台湾，去台湾工作赚钱，强占脑纹所有的思绪。天色逐渐幽暗了，我的心更为悲凉幽暗。我想着，这几年孤零零地学习潜水射鱼，学习真正的达悟男人养家糊口的生存技能，尝试用原始的体能与大海搏斗的生活经验孕育自信心，用新鲜的鱼回馈父母养育之宏恩，用甜美的鱼汤养大孩子们，就像父亲在我小时候养我一样。我的做法错了吗？点起一根烟，像午后的父母亲一样枯坐在凉台上远眺无止尽的海平线，思考着……

我反问自己说："我为何每天都要潜水射鱼呢？"在海里有鲨鱼、魟鱼、海鳗、急流等会危及生命的东西，我都可轻易克服，而且没有一丝恐惧。在汪洋大海里，我独自拥有浮浮沉沉的感受，是全世界最快乐的人。憋气潜入十多米的海底，在浮出海面之前的那几秒钟，气耗尽，吐无数的气泡，像被人勒紧脖子就要窒息的刹那间，在冲出海面换气的那一两秒，感到生命重生的舒畅，是无极的亢奋，远胜于男性射出精液的爽快。哇！真的，我就是要体验那种感受，日积月累无法戒掉的嗜好。这就是我要追求的，从自己的潜水经验，充实自己在灰暗的海底世界的生命哲学。想到这些，我会心一笑，郁闷飞逝远离。

彼时，我的潜水衣尚未脱掉，想到被全家人赶出家门的事，我是能体会家人担心我的心境。天色暗了，灯火陆陆续续地打开，"赶出家门"是对我的诅咒，我的气愤尚未湮灭，因此不想吃亲密爱人煮的晚餐，也不想理睬她。我了解，要消耗我的怨气，此时，也唯有晚上再去潜水射几条鱼和龙虾，自个儿享受，就算了断今天的晦气。

已是入夜后的7时了，准备好潜水用具以及潜水手电筒，准备出门。

“妈妈，爸爸又要去潜水了。”儿子慌张地说。

“夏曼，你干什么，难道你不知道你的行为是海里的……恶灵在引诱你吗？难道你不知道一天不能下两次海的禁忌吗？况且，天候是如此地阴森森……”

我懒得跟女人争吵、发脾气，所以，不回半句话。

“雅玛，你看，你孙子的父亲又要去海里了，天气那么地恶劣呀！”

“夏曼，你真的不听老人的教诲吗？”父亲的担忧是很复杂的，这事我也明白。

我说：“我今天打鱼回来很高兴，结果却要被你们赶出家门。明天我就向朋友借钱去台湾找工作，但，今夜不要阻止我，我要去捉我要吃的鱼和龙虾，别阻止我吧！”

“好啦！要我们不管你，那明天就去台湾算了。如此，就不用为你天天在海里捉鱼担心。”亲密爱人和我硬碰硬地回答道。

“反正，今夜我死在海里，我是无怨也无悔的。终究，你们已诅咒我了。”我大声地说，等我说完，其实我已经流下苦涩的泪水。

孩子的母亲、孩子的祖父母听完我这句话后，像是被最恶毒的恶灵吓破胆似的，咽下泪水缓缓地走进屋内。

“死在海里。”说真实的，这是我这一生最大的愿望，但不是我盛年岁月要发生的悲剧。然而，这句话也是我封住家人们恶毒口舌的最后绝招，虽然说了之后比他们更难过千倍。不这样，我是会疯的。

暗夜的路很长很长，我的思绪很复杂，非常复杂。原来回家定居就是要脱离令我困顿彷徨，没有真诚友谊的都会生活，没有人味的环境。如今，又要把我赶回拴住生命热力的地方，我心有千倍的不甘愿。唉……

海里比陆地上的空间更为幽暗，更为阴森恐怖。手电筒在海里，漫无目的地照明，海里很冷，但正适合我的体温，好舒服。于是，陆地上的挫折，此刻反成了驱散恐惧的良药，我好有成就感，尤甚于考上大学的那一刻。也许，现在让我死在海里会懊悔不已，毕竟还有家人、年老父母亲，但几年来，我沉浸于海的一切，我是无怨也无悔的。虽然存款簿没有一毛钱，虽然，把自己的黄金岁月消耗于海洋劳动，我更是无怨也无悔的。

三四条鱼、两三只龙虾够我吃了，我想。照明手腕上的表，才晚上 8 点多，我还有时间和体力消耗。我游着，很多的鱼被电筒照明失去了敏捷，但我懒得潜入海里去射，一心只想找大鹦哥鱼，好好地独自享受。因而，频繁地潜水，在海沟，在缝里，在洞穴胡照乱射。一些礁洞从海面照射不觉得如何，可是一旦潜入水中，里头的生物、海树是何等地漂亮、鲜艳，还有许多许多五颜六色的小鱼儿，顽皮地钻来钻去，有的就干脆停驻不游移，令我大饱眼福。也许，知道我不会伤害它们，瞬间又从洞穴里的小洞穴冒出二三十尾的红铁甲（Mavala，女人鱼），犹如手掌一般大小。如此频繁潜入浮出就是没有大鹦哥鱼的影子。等我觉得陆地上的怨气完全消除后，便缓缓地游向岸边，游向珊瑚礁岸丰富的潮间带，企图射些龙虾好好大吃一顿。

离岸边只有四五公尺、深度约是三公尺的小海沟，那儿也是我熟悉的地方。如此的深度对我而言，易如反掌，潜入海里，灯光立即消失在海面上。潜入海底的卵石上，哇！不得了，一条大尾的浪人鲹动也不动地贴在礁壁，与我的距离只有一公尺，我的小鱼枪伸出去便可触动到它雄壮庞大的身体。

哇！那么大尾，于是立刻浮出海面，吐出呼吸管内的海水并换气，心脏的跳动在加速，吸一口好长的氧气，缓和自己的紧张，但电筒、眼睛不敢移开半秒，唯恐猎物游走。就在岸边的大鱼，应该是轻而易举就可捉到，可是，晚上用的小鱼枪能否贯穿其厚实的身躯呢？我想。在海面我看得很清楚，是条特大的浪人鲹。心脏正常律动时，我再次吸口气潜入海里，趴在卵石上，电筒直射它面向我的眼珠，好恐怖的眼珠，大得像一颗棒球，并且外层的眼膜不时地睁开、闭上，好像不把我放在眼里似的，也摆出向我挑战的气势。此刻，我扫描它全身的大小，看来至少有一百五十公分长，七八十公分宽，好大尾的浪人鲹，我想。前后跟它对峙约摸二十秒，但就是无胆用鱼枪射它。此外，更令我惊愕的是，它的嘴边有一个已经生了锈的大鱼钩。我虽然射过了十条约十二斤以上的浪人鲹，但这尾算起来至少有八十斤以上的重量。我浮出海面，立刻又潜入海里，这一潜，并不是准备射伤它，纵然我射了，也一定会被它雄壮坚实的身躯拖走的，这绝对是可能的事。再说，我的小鱼枪橡皮的弹力也不可能刺伤它硬且厚的皮。除非，射它如棒球大的眼睛，但这一潜是准备欣赏它雄壮的美，与它做灵魂里的朋友。真是个千载难逢的机会，此刻不观赏，也许以后再也没有机会了。我趴在它身边，企图与它建立良好的友谊，十秒、二十秒、三十秒、四十秒……终究我可以在海里憋气一分半钟左右，慢慢观赏，从头到尾巴，背鳍到腹部，这真是最美的一刻，对我而言。

“Kowyowyod（我灵魂的挚友），我爱你，所以不伤你一片鱼鳞，下回送我比你小两倍的同科类浪人鲹，好吗？”

灵魂与它沟通完后，它移动，很缓慢地游走。哇！真雄壮的 Cilat（浪人鲹），我爱你。而我，也慢慢地浮出海面，但不敢移开欣赏它的视线。我真的高兴极了，电筒的光一直跟随它，它一直往外海游，那一望无边的深海无法透视到底，黑漆漆的海底世界，能见度只是电筒散光所及。我发现我的朋友——一条银白色的大鱼变得越来越小，在照明不到的深沟里，它终于消失了，真的消失了。

“朋友，再见！”“哇！”仰头大叫一声，刺破黑夜的静谧，好强的回响在山谷、山峰忽强忽弱。今夜，我没有伤害它，是我潜水射鱼这些年来，最光荣的一刻，并且一丝的悔意也没有。

“我灵魂的朋友，此生看到你，我已无任何奢求，无怨也无悔，只求你在海里保佑我，直到我无法潜水的年岁！”在回家的夜路上，我不断地如此祈福，也祝福它。

原来夜潜的那份原动力，是它的灵魂邀请我。此时，我已无怨也无悔地忘了今天的不愉快。只要明天，家人不要命令我去台湾，多么苦的工作，我都可以做。

只要……我能留在母亲、祖先的岛屿。

沙……沙……是小浪在礁岩上有节奏宣泄的绝妙天籁之音，毕竟，对心情愉快的人来说，自然的声音是最美的。

我像疯子一样，一路上自言自语，黑暗的天宇和黑暗的海洋夹着一位自以为是“海底独夫”的狂傲分子。